L'HORREUR EST HUMAINE

Paru dans Le Livre de Poche :

Le Best of

Ça roule, ma poule

Elle est courte mais elle est bonne !

Et vous trouvez ça drôle ?

L'Intégrale des sketches

Pensées et anecdotes

COLUCHE

L'horreur est humaine

LE CHERCHE MIDI ÉDITEUR

ISBN : 978-2-253-06371-1 – 1re publication LGF

A B S U R D E

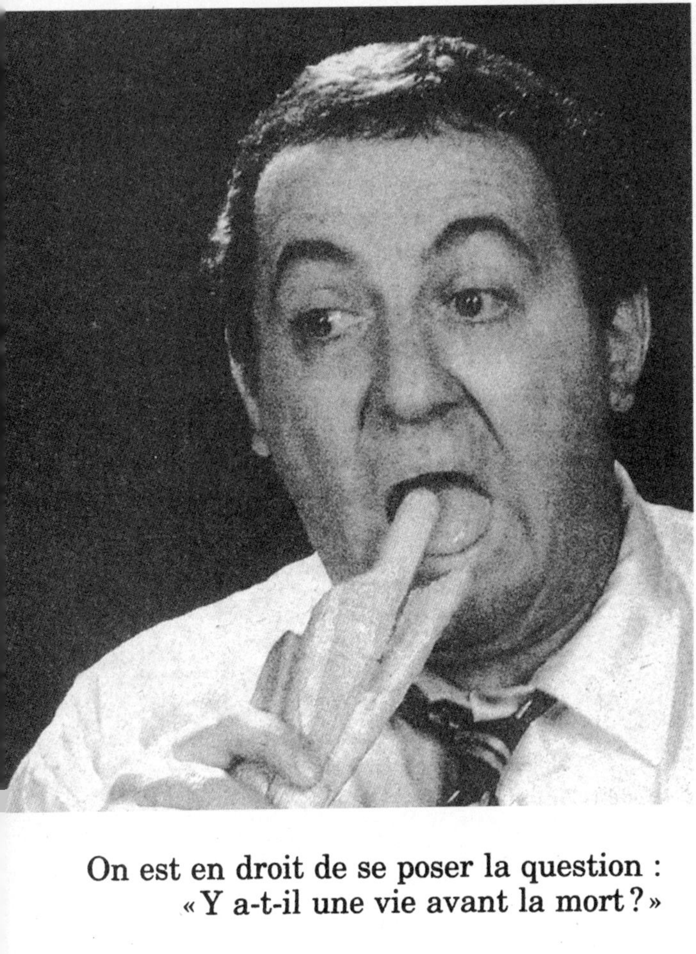

On est en droit de se poser la question :
« Y a-t-il une vie avant la mort ? »

Je suis obligé d'envoyer des potes au bistrot pour savoir comment les gens vivent. Si j'y vais moi-même, ils me regardent comme s'ils découvraient l'intérieur de la télé et ils se taisent pour me laisser parler.

Ma mère me disait : « Si tu sors dans la rue, fais bien attention qu'il ne t'arrive rien. » Mais s'il ne t'arrive rien, c'est ce qui peut t'arriver de pire quand t'es môme.

J'ai l'air un peu con, mais l'uniforme y est pour beaucoup.

Pour quinze mille francs, le chirurgien m'a débarrassé de ce que j'avais : quinze mille francs !

Mais il faut les comprendre aussi, les sportifs. Parce que, par exemple, on dit « ils sont cons » ; bon, c'est vrai, mais... c'est vite dit ! Parce que le temps qu'ils passent à courir, ils le passent pas à se demander pourquoi ils courent ! Alors après, on s'étonne qu'ils soient aussi cons à l'arrivée qu'au départ...

Les technocrates, si on leur donnait le Sahara, dans cinq ans il faudrait qu'ils achètent du sable ailleurs.

La navette qui a explosé avec sept hommes dedans : si ça avait été sept singes, les expériences seraient interdites.

Cinq millions et demi de conducteurs français ont une mauvaise vue. Heureusement, leur nombre diminue de jour en jour.

Si j'ai tendance à ouvrir ma gueule un peu trop fort, ça tient à ce que, jusqu'à vingt ans, j'ai cru que je m'appelais silence.

La mort... Si on est touché soi-même, on a intérêt à en rire ; et si on n'est pas touché, on n'a pas de raison de ne pas en rire.

Mon projet le plus important, c'est de continuer à vivre.

Je marchais tranquillement...

Il y a un type qui me suivait dans la rue, je marchais tranquillement...
Je tourne le coin. Il tourne le coin ! Il n'y avait personne dans la rue, je me suis dit : « Ce mec-là, il a l'air de me suivre ! »
Je prends le bus, il prend le bus. Je descends du bus, il descend du bus ! Je longe la ligne de chemin de fer, je donne un coup de pied dans une petite boîte en fer, il donne un coup de pied dans une petite boîte en fer ! Je me dis : « Mais qu'est-ce que c'est que ce travail ?... On dirait qu'il me suit, ce mec-là ! »
Je rentre dans mon immeuble, il rentre dans mon immeuble. Alors là, je me dis : « Mais il n'habite pas là, lui ! »
Je monte au quatrième, il monte ! Je rentre chez moi. Il rentre chez moi, le mec ! C'était le soir, je me déshabille, je fais ma toilette. Je me couche. Il se couche ! Je me tourne pour dormir, il se tourne du même côté que moi. Il était juste derrière moi, je le sentais... il était derrière moi ! Alors là, je me suis dit : « On n'est plus maître chez

soi ! On ne peut plus se sentir « maître » chez soi ! »

Et puis tout d'un coup, sans être présenté, sans rien... tout d'un coup, sans me parler, sans me dire un mot, il fait comme si... je ne sais pas, moi... comme si j'étais sa femme, pareil ! Un câlin... mais vraiment très tendre et tout ça...

Le lendemain, à cinq heures du matin, le réveil sonne : j'appuie sur le réveil, je me lève... il se lève. Je m'habille, il s'habille. Je m'en vais. Il s'en va. En bas de la maison, je tourne à droite, il tourne à gauche ! J'ai jamais su ce qu'il me voulait, ce mec-là !

Leçon de morale

L'histoire se passe à l'école. La maîtresse demande à ses élèves :

– Faites-moi une phrase avec une moralité.

Un petit garçon se lève, genre premier de la classe, et dit :

– Voilà, madame la maîtresse : ce matin, je me suis levé de bonne heure ; je me suis bien lavé les dents ; j'ai pris mon café au lait de bonne heure, et puis je me suis habillé de bonne heure, et puis, moralité : je suis arrivé de bonne heure à l'école !

– Ah ! C'est très bien ! Oui, c'est pas mal... Il y a sûrement mieux, mais enfin... c'est bien, et puis c'est gentil ! Tiens, je te donne un bon-point !

La maîtresse donne le bon-point. À ce moment-là, un autre élève se lève et veut faire aussi bien :

– Eh bien voilà ! Mon papa, il s'est levé de bonne heure, et puis il a été travailler, et puis il a été bien sage au travail, et puis il a bien travaillé ! Alors du coup, moralité : son patron l'a augmenté !

– Ah bon ! Parfait... Et toi, Jeanjean ? Est-ce que tu as une histoire à nous raconter ?

– Ah oui ! Moi, j'ai une histoire ! C'est Zorro... il s'est levé de bonne heure, il a été dans le saloon, et là, il y a deux mecs qui l'ont emmerdé. Alors il a sorti son flingue et il les a tués tous les deux !

– Ah bon ! Mais alors, la moralité c'est quoi ? demande la maîtresse.

– Bah ! La moralité, c'est qu'il faut pas emmerder Zorro, c'est tout !

Le roi Dagobert

Comment appelait-on le roi Dagobert, quand il allait à l'école ? Le roi Dagobert mettait ses vêtements à l'envers. Et tous les autres avaient leur nom sur leurs vêtements. Lui n'avait pas son nom puisqu'il les mettait à l'envers. On l'appelait « Pur coton ».

Do you speak english ?

C'est un mec qui est dans une rivière et qui crie : « Help ! Help ! »
Y'a un mec qui passe et qui dit : « Au lieu d'apprendre l'anglais, il ferait mieux d'apprendre à nager ! »

La queue du chat

Et maintenant, le professeur Riboux va nous parler de la queue du chat...
– Eh bien ! Aujourd'hui, nous étudierons la queue du chat. Prenez des notes, messieurs, s'il vous plaît. La L-A queue

Q-U-E-U-E du chat, C-H-A-T. La queue du chat le gêne dans sa course et voici comment nous avons découvert ce phénomène intéressant chez le chat, qui était parfaitement méconnu.
Voilà : les recherches successives du professeur Schmock et de moi-même ont prouvé que la queue du chat le gênait dans sa course et voici quelle expérience nous avons faite : au bout d'un couloir, vous mettez un bol de lait et vous appelez le chat « Minou ! Minou ! ». Prenez des notes ! notez ! « Minou ! Minou ! » Le chat arrive à une vitesse que nous appellerons « petit v ». Vecteur n° 1 : petit v.
Quand le chat est arrivé pour boire le lait, vous l'attrapez, vous le faites tenir par deux ou trois assistants, en prenant bien soin de ne pas approcher des griffes car il peut devenir dangereux. Et là, d'un coup de sécateur, vous lui sectionnez la queue. Ensuite vous le lâchez, et là il repart à une vitesse que nous appellerons « vitesse grand V ».
Donc, nous sommes actuellement en

mesure d'affirmer au monde que la queue du chat le gêne dans sa course !

Je suis méchant, je ne paierai pas !

L'histoire se passe dans un bistrot. Un type arrive dans le bistrot, s'asseoit et dit :
– Je voudrais un café et deux croissants. Mais je vous préviens, je suis méchant, je ne paierai pas !
Le patron se dit « bah ! C'est la première fois qu'il vient, il doit dire ça pour rigoler ! » Il ne fait pas attention et le mec se barre sans payer. Alors le patron se dit : « Il m'a bien eu, celui-là ! »
Le lendemain, à la même heure, le mec revient, se met à la même table, demande un café, deux croissants et dit :
– Je vous préviens, je suis méchant, je ne paierai pas !
Le patron pense « toi, tu m'as eu hier, attends un petit peu ! »... Le mec demande pour aller téléphoner... Il va téléphoner et disparaît. Le patron regarde du côté de la cabine de téléphone, il n'y est plus, il a disparu ! Le patron se dit : « S'il revient demain, attention ! je le coince ! »

Le type revient le lendemain, s'asseoit au même endroit et dit :
– Je voudrais un café, deux croissants, et je vous préviens, je suis méchant, je ne paierai pas !
Encore une fois, il se débrouille pour filer sans payer et cela dure pendant huit jours !
Mais au bout de huit jours, le patron du bar fait appeler un de ses copains qui est catcheur et lui dit :
– Pointe-toi à huit heures du matin ! Tu te mettras au comptoir sans rien dire et quand le mec prendra sa commande et dira « je suis méchant », là, tu lui sauteras dessus !
Le lendemain, le catcheur est au bar et il attend. Le client arrive, s'asseoit à la table et dit :
– Je voudrais un café, deux croissants et je vous préviens, je suis méchant, je ne paierai pas !
Le catcheur se retourne et lui fait :
– Ah oui ! T'es méchant, toi ? Ça tombe bien, moi aussi, je suis méchant !
– Ah bon ! Vous êtes méchant aussi ? Alors

deux cafés avec quatre croissants, s'il vous plaît !

Poulet de Bresse

C'est un monsieur qui est dans un restaurant. Au menu, il y a écrit « poulet de Bresse ». Il en demande un, on le lui sert, il met le doigt dans le cul du poulet et il fait : « Non, ça, c'est un poulet des Landes ! » On lui en rapporte un autre, il met le doigt dans le cul du poulet : « Non, ça, c'est un poulet du Gers ! » On lui en ramène un autre, il remet le doigt dans le cul du poulet : « Ah oui, ça, c'est un poulet de Bresse ! » Là, il y a un mec qui se lève à côté de lui et qui lui dit : « Moi, je suis orphelin, vous ne pouvez pas me dire d'où je viens ? »

Le bureau du ministre

C'est un mec qui monte dans un ministère. Il arrive dans la partie du ministère où personne ne peut entrer. Il y a des gardiens partout et sans savoir comment ni pourquoi, tout à coup, le mec ouvre une

porte et entre dans le bureau d'un ministre. Celui-ci lui dit :
– Mais, enfin ! Qu'est-ce que vous faites là ?
– Je viens pour vous parler.
– Mais enfin ! Mais... comment êtes-vous monté ? C'est privé, ici ! Comment êtes-vous monté ?
– Comme tout le monde, monsieur !

Calcul de... probabilités

C'est un gosse qui est très nul à l'école, surtout en calcul. Il arrive en classe et le maître lui dit :
– Chipounet ! Dites-nous combien font deux et deux...
Toute la classe est tendue et Chipounet fait :
– Deux et deux ? Trois !
Alors il y en a un qui se lève et dit :
– Ah con ! Il l'a frôlé !

La bouillabaisse

Sur une vitrine est écrit : « Bouillabaisse à toute heure. »
Un mec entre et dit :

– Je voudrais parler à Bouilla !

C'est pour la barbe

C'est un mec qui entre chez le coiffeur et dit :
– C'est pour la barbe.
– Asseyez-vous ! Vous n'êtes jamais venu ici ?
– Non, c'est la première fois !
Il prend le savon à barbe, il crache dessus et il met le blaireau dedans.
– Dites donc ! Vous crachez dans le savon, ici ?
– C'est parce que c'est la première fois que vous venez. Sans ça, normalement, quand vous êtes connu, c'est dans la gueule qu'on crache !

La coupe au rasoir

C'est un monsieur qui arrive chez le coiffeur et qui demande une coupe au rasoir.
– Oui monsieur ! Asseyez-vous ! Roger ?
Roger, le fils du coiffeur, arrive. Il a dix-sept ans et débute dans le métier. Son père lui dit :
– Roger, mon petit ! Tu vas faire la coupe

au rasoir du monsieur ! Tu vas faire comme je te l'ai appris. Monsieur, vous ne bougerez pas, c'est sa première !
Le père s'en va vers l'arrière-boutique. Roger commence à faire le tour de l'oreille et tout à coup, couic ! il vire l'oreille ! Le père arrive, furieux, et hurle :
– Je t'avais dit de faire attention ! Qu'est-ce que c'est que ce travail ?
Il va pour lui mettre une gifle, mais Roger se baisse et il gifle le client.
– Oh ! Excusez-moi ! Vraiment, je suis désolé... Excusez-moi !
– Non, non, ce n'est rien... je vous assure ! dit le client.
Le coiffeur cautérise l'oreille et dit à son fils :
– Maintenant, tu fais attention !
Le fils prend le rasoir pour faire l'autre côté, il tremble, il a peur et couic ! il vire l'autre oreille ! Le père revient encore plus furieux, va pour lui remettre une tarte, le fils se baisse et le client prend la deuxième gifle !
Le père repart dans l'arrière-boutique et le gosse continue sa coupe. Mais cette

fois-ci, il coupe le client dans le cou. Alors le client :
– Dites rien, votre père l'a pas vu !

Tu pourrais l'emmener au zoo...

C'est une dame qui a fait un enfant très vilain, vraiment très vilain, et son mec lui dit :
– Pour distraire le petit, tu pourrais l'emmener au zoo !
Et elle répond :
– Non, t'es fou ! Ils ne voudront jamais le laisser ressortir !

Comment devenir devin

Il est six heures du soir. C'est un mec qui voit un type faire du stop, il s'arrête, le fait monter dans sa voiture et, sur le chemin, ils discutent. Le conducteur demande à son passager :
– Qu'est-ce que vous faites, dans la vie ?
– Je suis devin. Je devine l'avenir. Par exemple, je peux vous dire que vous rentrez chez vous !
– Oui, c'est vrai...
– Vous voyez, c'est formidable ! Il est six

heures, vous êtes dans votre voiture, vous roulez vers la ville et je suis sûr que vous rentrez chez vous !

– C'est extraordinaire, ça !

– Oui, je suis devin... je devine l'avenir !

– Mais comment faites-vous ?

– Ah ça, c'est toute une histoire ! Pour que cela vous arrive, il faut aller dans les bois d'abord...

– Et vous croyez que cela peut arriver à tout le monde de deviner l'avenir ?

– Ah oui ! Bien sûr ! Même vous ! Même vous, vous pouvez deviner l'avenir ! Ce qu'il faut faire : c'est que... si vous trouvez un devin, il faut lui donner tout votre argent, et puis aller avec lui dans un bois, et là vous pouvez devenir devin à votre tour.

– Vous voulez dire que moi aussi, je peux devenir devin ? Je n'ai qu'à vous donner tout mon argent et aller dans un bois avec vous ?

– Mais oui ! Tiens, c'est une bonne idée ! Je n'y avais pas pensé...

– Tenez, voilà mon portefeuille ! On va s'arrêter là, il y a un bois !

Ils s'arrêtent dans le bois.
– Si vous voulez vraiment devenir devin, voilà ce qu'il faut faire : je vais vous attacher les mains à l'arbre...
Il lui attache les mains à l'arbre, et une fois que le mec est attaché il lui dit :
– Voilà ! Vous êtes bien attaché ?
– Oui, oui !
– Bon ! Maintenant, je vais vous baisser votre pantalon !
– Oh ! Mais je vois ce que vous allez me faire !
– Ah, vous voyez ! Ça marche !

Ça sent le bouc !

C'est un vétérinaire qui dit à une paysanne :
– Votre bouc, il n'est pas très vaillant ! Le mieux, il faudrait que vous le mettiez à coucher dans la maison avec vous pour qu'il ait chaud !
– Bah ! Le mieux, c'est que je le mette dans mon lit, carrément ! On va mettre le bouc dans mon lit, hein ?
– Mais quand même... ça sent fort !
– Bof ! Il s'y habituera !

Oh couillon !

C'est une histoire qui se passe à Marseille. Il y a un mec qui dit à un autre :
– Oh couillon ! Je suis allé à la pêche avec ma barcasse et voilà finalement que je fais une touche ! Je tire, je remonte et c'était une anguille, con ! Et je remonte, je remonte, un mètre d'anguille, deux mètres d'anguille, cinq mètres d'anguille, dix-huit mètres d'anguille ! Et là, l'anguille, elle était tellement longue que j'ai été obligé de la couper parce qu'elle tenait pas dans la barcasse ! Oh couillon !
Alors l'autre dit :
– Moi, je suis allé à la pêche l'autre jour, j'ai mis la ligne dans le fleuve et j'ai accroché le fond. C'était une moto qui datait de la guerre de 14. Je l'ai remontée dans la barcasse, et tu me croiras si tu veux, la lumière était allumée !
– Oh ! Tu te fous de moi ? Tu me charries, là, avec ta lumière ?
– Bon, d'accord ! Tu me coupes cinq ou six mètres d'anguille et j'éteins le phare !

J'ai la pro... pros... tate

C'est un bègue qui rencontre son pote qui lui demande :

– Ça va mieux, toi, le bégaiement ? Ça n'a pas l'air de s'être arrangé ?

– Non, et maintenant j'ai la... la pros... prostate en plus qui... qui me...

– Qui te fait mal ?

– C'est ça !

– Mais qu'est-ce que tu as, à la prostate ?

– C'est pa... pareil, si... si tu veux, je... je... pisse co... comme je parle !

Des raviolos et des spaghettos

Dans un restaurant italien, un type demande au serveur :

– Je voudrais des raviolos et des spaghettos !

Le serveur lui dit :

– Écoutez, monsieur... Je vais vous dire... On dit des raviolis et des spaghettis !

– Bon, d'accord ! Eh bien vous me direz où sont les lavabis, je veux faire pipo !

Je voudrais me faire émasculer...

C'est un type qui arrive à l'hôpital. Il dit :
– Bonjour, docteur ! Voilà, je voudrais me faire... euh... émasculer.
– Ah bon ! dit le médecin, vous êtes sûr ?
– Oui. Je voudrais me faire... euh... émasculer !
Alors on l'endort, on l'opère, et le lendemain, il se réveille et le médecin lui dit :
– Vous savez, l'opération s'est très bien passée, et pendant que vous êtes là, j'ai envie de vous vacciner !
Et à ce moment-là, le mec s'écrie :
– Vacciner ! Voilà le mot que je cherchais !

Optimisme

C'est un vieux monsieur de quatre-vingts ans qui dit : « C'est marrant, parce que regarde, ça sert pas qu'à pisser, ce truc-là, regarde... À vingt ans, c'était dur comme de l'acier, j'arrivais pas à le plier. À quarante ans, c'était encore dur comme du fer, j'arrivais pas à le plier. À soixante ans, c'était dur comme du bois, je pouvais pas le plier. Maintenant, j'ai quatre-vingts ans, et j'arrive à le plier. Ça prouve que plus on vieillit, plus on a de la force dans les mains ! »

Pudeur

C'est un type qui fait le Paris-Dakar. Il descend pour pisser et il se fait mordre le zizi par un serpent qui dit : « Tiens, un collègue ! »
Un copain du mec téléphone à un médecin pour savoir ce qu'il faut faire. Le médecin lui dit : « Ben, il faut sucer la plaie ! » Le mec qui se tient toujours le truc à la main demande : « Alors qu'est-ce qu'il dit, le médecin ? » Et l'autre répond : « Il dit que tu vas mourir ! »

Le rythme dans la peau

Sur un banc public, un Noir s'asseoit à côté d'un vieux et il lui dit :
– C'est marrant ! Je vous vois danser et je ne vois pas le walkman !
– C'est pas Walkman, c'est Parkinson, moi !

Je voudrais bien jouer au tiercé

C'est un type qui dit à un copain :
– Je voudrais bien jouer au tiercé, mais je n'y connais rien !
– C'est pas compliqué, je vais t'indiquer comment on joue ! Combien t'as de boutons à ta braguette ?
– Quatre.
– Bon ! Tu joues le quatre ! Combien t'as de boutons à ta chemise ?
– Sept.
– Tu joues le sept ! Combien de fois par semaine tu baises ta femme ?
– Douze.
– Voilà ! Tu joues le quatre, le sept et le douze !
Le type joue, rentre chez lui, mais c'est le quatre, le sept et le un qui arrivent. Alors il dit à sa femme :
– Tu vois, si j'avais dit la vérité, je gagnais !

Vous avez des hémorroïdes ?

L'histoire se passe au restaurant. Un client voit le garçon qui arrive en se grattant le fion ! Il lui dit :

– Dites-moi, garçon ! Vous avez des hémorroïdes ?
– Je ne sais pas, je vais demander au chef !

Dormez !

Quand le plus grand hypnotiseur de tous les temps arrivait sur scène, il disait : « Dormez ! » et tout le monde dormait ! « Riez ! » et tout le monde riait ! Seulement, un jour, il s'est pris les pieds dans une chaise... Il a fait « Ah ! Merde ! », et il a fallu une semaine pour nettoyer la salle...

Peut-on tomber amoureux d'un éléphant ?

C'est un type qui demande à son médecin :
– Dites-moi, vous qui êtes aussi un petit peu psychiatre... Est-ce que vous pouvez me dire si on peut tomber amoureux d'un éléphant ?
– Ah non ! On peut pas !
– Et vous connaissez pas quelqu'un qui aurait besoin d'une très grosse bague de fiançailles ?

L'art des réclamations

C'est un mec qui est en vacances dans un hôtel de campagne, et le deuxième jour il se réveille, descend dans la salle du petit déjeuner, appelle la serveuse et lui dit :

– Est-ce que vous pourriez me faire deux œufs au plat, un liquide et un très dur, des toasts grillés qui s'en vont en poussière et du beurre surgelé qu'on peut pas étaler ?

– Ça va être difficile !

– Comment difficile ? Vous l'avez très bien fait hier sans que je vous le demande !

Remerciements...

C'est un ophtalmo qui a soigné un peintre. Celui-ci, pour le remercier, lui a fait un grand tableau avec un œil où on voit l'ophtalmo au milieu ! L'ophtalmo reçoit le tableau, toute la presse est là pour le voir et on lui demande :

– Alors ! Vous êtes content de ce tableau ?

– Oui, mais je suis surtout content de ne pas être gynécologue !

Le temps des cerises

Deux oiseaux passent au-dessus d'un cerisier. Il y en a un qui fait à l'autre :

– Qu'est-ce qu'on fait ? On s'arrête ?

– Attend ! On va descendre voir. Si c'est vert, on passe ; si c'est rouge, on s'arrête !

Cuisine végétarienne

C'est un mec qui va dîner chez des baba-cools, et il y en a un qui dit :

– Dépêchez-vous ! Le dîner va faner !

Je sais compter jusqu'à dix

C'est un bonhomme qui dit à son gosse :

– Mais c'est terrible ! Regarde ça ! T'as quinze ans, tu vas à l'école et t'es incapable d'apprendre quoi que ce soit ! Tu sais à peine compter, t'es nul ! Dis-moi, tu sais compter jusqu'à combien ?

– Je sais compter jusqu'à dix !

– Tu te rends compte ? À quinze ans, tu sais compter que jusqu'à dix ! Mais qu'est-ce que tu vas foutre, plus tard ?

– J'serai arbitre de boxe !

Boomerang

En Australie, un jeune homme est devenu fou : sa mère lui a offert un nouveau boomerang, et il a essayé de jeter le vieux !

Si vous écartez un peu les genoux

C'est un mec qui est dans un autobus. En face de lui, il y a une gonzesse et il lui dit :
– Dites-moi ! Si vous écartez un peu les genoux, j'vous donne dix sacs !
– Si vous me donnez cinquante sacs, j'vous montre où c'est que je me suis fait faire ma césarienne !
Le mec lui donne cinquante sacs, ils passent devant un hôpital et elle lui dit :
– Tenez ! C'est là !

Un fou chez Lustucru

C'est un fou qui travaille chez un fabricant de pâtes alimentaires et il dit au chef :
– Dites-moi, chef ! Je pourrais faire embaucher un copain ?
– Ah non ! Pas deux fêlés chez Lustucru !

Le psychiatre maladroit

C'est un mec qui va chez un psychiatre. Il dit :

– Écoutez, je ne sais pas quoi faire ! Personne ne me prend au sérieux !

– Vous plaisantez ?

Vue basse

C'est un mec qui va chez l'oculiste.

– La petite lettre... là, vous la voyez ?

– Non.

– La lettre un peu plus grosse, là, vous la voyez ?

– Non !

– Et la très très grosse, vous la voyez ?

– Non, non !

– Et celle-là que je vous dessine sur le mur, de haut en bas du mur, vous la voyez ?

– Non, je ne la vois pas !

– Bon. Alors ce ne sont pas des lunettes qu'il vous faut, c'est un chien.

Obésité

Vous savez la différence qu'il y a entre un éléphant et ma femme ?
Trente kilos !

La boucherie polonaise

L'histoire se passe en Pologne ; c'est une dame qui arrive chez le boucher :
– Bonjour ! Je voudrais de la viande.
– Y'en a pas ! Ça fait des années qu'on n'en a plus !
– Vous n'avez pas d'onglet ?
– Non !
– Du pot-au-feu ?
– Non !
– Et du gîte, vous avez du gîte ?
– Non, non... pas du tout !
– Bon, ben au revoir !
– Au revoir !
Et le boucher dit à son commis :
– T'as vu cette femme... Quelle mémoire !

Monsieur Convert

C'est un mec qui dit à un autre :
– Comment vous appelez-vous, déjà ?

– Monsieur Convert.
– Ah oui, c'est vrai : je ne me rappelle jamais la couleur !

Une piqûre antibritannique

C'est un mec qui arrive chez le médecin et qui dit :
– Est-ce que je pourrais avoir une piqûre antibritannique, s'il vous plaît ? Je me suis blessé avec une clé anglaise !

Politesse volcanique

C'est un volcan qui est à côté d'une montagne et qui lui dit :
– Ça ne vous dérange pas, que je fume ?

Dialogue de sourds

Un psychiatre perplexe dit à sa cliente :
– Ça fait longtemps que vous avez remarqué que votre mari parle tout seul ?
– Je ne sais pas... Je ne me suis jamais retrouvée avec lui pendant qu'il était tout seul !

Amour maternel

C'est une dame qui vient d'avoir un enfant. L'infirmière arrive et lui dit :

– Écoutez, madame... Il va falloir être assez courageuse parce que votre enfant...

– Qu'est-ce qu'il a, mon enfant ?

– Eh ben... Bah... Euh...

– Il est normal ?

– Bah ! C'est exagéré comme expression, vous voyez !

– Mais qu'est-ce qu'il a ?

– Il a pas... pas tout à fait de bras !

– Comment ça, « pas tout à fait de bras » ?

– Bah ! Il n'en a pas !

– Pas du tout ?

– Voilà, c'est ça !

– Et les jambes ?

– Ben... Il n'a pas de... de jambes non plus...

– Ah bon ? Et sans ça... le corps, je veux dire, c'est... C'est quand même mon enfant ! Je vais l'aimer pareil, c'est mon enfant !

– Oui... mais non... le corps non plus, il n'en a pas !

– Comment ça ? Mais... c'est quand même un enfant ?
– Oui, oui bien sûr, madame ! Et c'est le vôtre ! Mais il n'a pas d'yeux non plus, vous voyez...
– Ah ? Et le nez ?
– Non ! Il n'a pas de nez et il n'a pas de bouche !
Finalement, une sage-femme apporte une oreille sur un coussin et la dame fait :
– Oh, mon chéri !
– Parlez plus fort, il est sourd !

La pêche à la manganille

L'histoire se passe à Marseille, couillon !
Il y en a un qui dit à l'autre :
– Alors ! Qu'est-ce que tu fous, toi ?
– Ben ! Je vais à la pêche à la manganille !
– Oh couillon ! Qu'est-ce que c'est, la manganille ?
– Té, j'en sais rien, j'en ai pas pris une seule !

La tête et les c...

C'est un mec qui va voir le médecin et qui lui dit :

– Docteur ! J'ai des maux de tête... C'est terrible ! Ça me prend là et j'ai des maux de tête terribles !
– Alors là, il faut vous faire castrer !
– Ah non ! Ça m'ennuie... Pour des maux de tête, vous n'avez pas plutôt de l'aspirine ?
– Si, mais les maux de tête que vous me décrivez là, ça vient des balloches, il faut se les faire enlever !
Et le mec décide d'aller voir un autre médecin. Il arrive, lui explique, et le médecin lui dit la même chose. Alors le mec, qui ne peut pas continuer de vivre avec ce mal de tête, dit « d'accord ! ». Donc on le castre, et effectivement, il n'a plus du tout mal à la tête.
Un jour, il va chez le tailleur pour se faire faire un costume et le tailleur lui dit :
– Vous portez à droite ou à gauche ?
– C'est pas un problème pour moi, vous savez...
– Ah, ne dites pas ça ! C'est très important ! Parce que quand on les a coincées, ça provoque des maux de tête !

Histoire de magiciens

C'est deux magiciens qui discutent et il y en a un qui dit :

– Tu m'attends, je vais faire un tour !

– Ben ! Fais-le là, je ne regarde pas !

Chien d'aveugle

Il y a un aveugle qui est au feu rouge, un mec s'approche de lui et lui dit :

– Dites-moi... votre chien, il est pas dressé ?

– Si, si, il est dressé !... Il est dressé pour me faire traverser !

– Il se fout de votre gueule, le chien : ça fait trois fois que le feu passe au rouge et il ne vous fait pas traverser !

– Ah ça, vous faites bien de me le dire !

L'aveugle sort un sucre de sa poche, commence à le donner au chien et le type lui dit :

– Mais comment ? Il ne vous fait pas traverser et vous lui donnez un sucre ?

– Oui, c'est pour repérer où est la tête, parce qu'après, je vais lui botter le cul !

Prudence !

En rentrant chez lui, un gosse dit à son père :
– Dis donc ! Je me suis engueulé avec un copain à la récré parce qu'il disait que je te ressemblais !
– Ah bon ! Il a dit que tu me ressemblais ? Et alors ? Qu'est-ce que tu as fait ?
– Ben... J'ai rien fait : il était plus grand que moi !

Au fil de l'eau

C'est un mec qui voit un type pêcher au bord de la rivière et il lui dit :
– Dites-moi, mon brave homme... Vous n'auriez pas vu passer une femme habillée en bleu ?
– Ah si ! Je l'ai vue passer il y a à peu près vingt minutes !
– Vingt minutes ? Alors elle ne doit pas être très loin...
– Sûrement pas. Vous savez, par ici, il n'y a pas beaucoup de courant...

Qui vient dîner ce soir ?

C'est un mec chez qui le président de la République a décidé d'aller dîner. Tout l'après-midi, il se coltine les préparatifs pour les festivités... Son copain lui dit :
– Tiens ! Qu'est-ce qu'il a, ton chien ? Un pansement au cul ?
– Oui. Je lui ai coupé la queue pour que l'autre croit pas qu'il est content !

Goutte-à-goutte

C'est un type qui vient de se réveiller après plusieurs mois de coma et le docteur lui demande :
– Alors ! Vous allez bien ?
– Oui, mais j'ai une faim ! Une de ces faims ! J'ai pas bouffé depuis longtemps, vous savez...
– Mais si ! On vous a nourri ! Regardez le tuyau que vous avez dans le bras : c'est une perfusion... On vous nourrit là !
– Vous auriez dû amener un autre tuyau, je vous invitais à bouffer tout de suite !

Trousse d'urgence

C'est une dame qui est sur le point d'accoucher et le médecin arrive dans la maison. Il s'enferme dans la pièce avec la femme et, au bout de dix minutes, il dit au mari :

– Vous avez pas un tournevis ?

Le mari le regarde en tremblant et dit :

– Un tournevis ?

Il lui en donne un et, dix minutes après, le docteur ressort en disant :

– Vous auriez pas un marteau ?

Le mari lui donne un marteau. Il est blême. Dix minutes passent, le docteur sort à nouveau et lui fait :

– Et une pince, vous auriez ça ?

Alors le mari lui donne une pince, il tremble de partout... Et encore une fois, au bout de dix minutes, le docteur ressort et lui dit :

– Écoutez ! Le mieux, c'est que vous appeliez un autre médecin, j'arrive pas à ouvrir ma trousse !

Régime-régime

C'est un mec qui entre dans un bistrot et il dit au garçon :
– Je voudrais un sandwich !
– Au pâté ? Au jambon ? Au fromage ?
– Non : nature. Je suis au régime !

Hygiène

C'est un garçon de café qui a une petite cuillère dans la poche de sa veste et une ficelle qui dépasse de sa braguette. Une bonne femme arrive et commande un café. Il lui amène, pose le café, apporte le sucre... prend la petite cuillère et demande :
– Combien voulez-vous de sucres ?
– Un seul !
Crac ! Le garçon prend le sucre avec la petite cuillère et il le met dans le café. La bonne femme dit :
– Oh ! Dites donc ! Cette petite cuillère, c'est pour servir le sucre ?
– Oui ! C'est pour éviter d'y mettre les doigts !
– Ah ! C'est formidable ! L'hygiène me plaît beaucoup ! Mais... et la petite ficelle ?

– Eh bien, voyez ! C'est dans le même esprit. C'est pour pas y mettre les doigts ! La petite ficelle est reliée à mon petit appareil et en même temps à la fermeture Éclair : quand j'ai envie de pisser, je tire sur la ficelle, ça ouvre d'un coup la fermeture Éclair et ça fait sortir l'appareil !
– Ah ! Formidable ! Mais alors... et pour la rentrer ?
– Là, j'ai la petite cuillère !

La galère

C'est des mecs qui sont sur une galère en train de ramer et il y en a un qui dit :
– Voilà ! J'ai deux nouvelles à vous annoncer. Il y en a une bonne et une mauvaise.
– Commencez par la bonne...
– Vous allez avoir une double ration de rhum !
– Ah ! ! ! Et la mauvaise ?
– Le capitaine veut faire du ski nautique !

Bonus-malus

C'est un type qui, en sortant de chez lui, écrase un mec avec sa caisse : crac, il se

prend 50 % de malus. Il retourne chez lui et dit à sa femme :
– Ah !... j'ai vraiment pas de chance... j'ai vraiment pas de chance...
– Tu sais, Lucien, c'est rien... ne t'inquiète pas...
Il reprend sa caisse, il ressort et pan ! Il en écrase un autre ! 100 % de malus !
– Ah décidément, j'ai pas de chance...
Finalement il sort à pied, et il se fait écraser. Le SAMU le conduit à l'hôpital, sa femme se précipite pour le voir et il lui dit :
– Ça y est ! La chance a tourné !

Lady Godiva

C'est un mec qui dit à son copain :
– Eh ! Viens demain... il paraît que Brigitte Bardot va défiler toute nue sur un cheval !
– Ah ! Je vais y aller... Ça fait des années que j'ai pas vu un cheval !

Sois polie !

C'est une petite fille qui se promène avec sa mère et qui lui dit :

– Dis donc, maman ! J'ai une merde dans le nez !
– On dit pas ça ! On dit pas une merde dans le nez, on dit une crotte dans le nez.
– Et pourquoi on n'a pas le droit de dire une merde dans le nez ?
– Parce que c'est un gros mot !
– Ah bon, d'accord...
Elles marchent et la petite dit :
– Maman, j'ai marché dans un gros mot !
– Ah, merde !

Chauve qui peut !

C'est un gosse qui dit à son copain :
– Dis donc ! Les cheveux, y paraît que c'est le contraire de l'intelligence !
– Ah ouais ?
– Par exemple, les gens qui ont un grand front, ils sont très intelligents. Et ceux qui sont complètement chauves, c'est les plus intelligents !
À ce moment-là, arrive un mec qu'a des cheveux autour de la tête et qu'est chauve au-dessus, et le copain dit :
– Celui-là... il est un peu con sur les bords !

Animal de compagnie

C'est un mec qui voit son pote arriver avec un pingouin et il lui dit :
– Qu'est-ce que tu fais, avec ça ?
– Ben... J'ai trouvé ça dans la rue, je sais pas quoi en faire !
– Écoute ! Emmène-le au zoo !
– Oui, c'est pas con, j'vais l'emmener au zoo !
Ils se quittent et, le lendemain, l'autre revoit son pote avec le même pingouin. Il s'étonne :
– Ben quoi ? Tu l'as pas emmené au zoo ?
– Si ! Il a beaucoup aimé, et maintenant je l'emmène au cinéma !

Au cinéma

Une dame entre au cinoche avec un très joli chapeau plein de fleurs, de fruits et de légumes... mais des vrais, des oiseaux, et tout le tremblement ! Elle s'assied, se retourne, et dit au monsieur qui se trouve derrière elle :
– Mon chapeau ne vous dérange pas ?
– Non, vous pouvez le garder : il est beaucoup plus drôle que le film !

Campagne anti-tabac

C'est une locomotive à vapeur qui rencontre le TGV et qui lui dit :
– Y'a longtemps que t'as arrêté de fumer ?

Bourreau d'enfant !

C'est une bonne femme qui arrive chez elle et la bonne lui dit :
– Madame ! Madame ! J'ai laissé tomber le bébé dans la baignoire !
– Ramassez-le !
– Pas question ! L'eau est bouillante !

Un sacré numéro

C'est un mec qui téléphone chez lui, il tombe sur la femme de ménage et lui demande :
– Qu'est-ce qu'elle fait, ma femme ?
– Elle est couchée dans le lit avec un nègre !
– Bon, écoutez ! Vous prenez le revolver qu'est dans le tiroir et vous les tuez ! Vous les tuez tous les deux !
La bonne exécute, revient et lui dit :

– Ça y est ! Maintenant, qu'est-ce que je fais ?
– Vous jetez le revolver dans la rivière !
– Mais, Monsieur, il n'y a pas de rivière, ici...
– Comment ? Vous n'êtes pas le 72.40.45 ?

Débouchés pour sourd-muet

C'est une dame dont le fils est sourd-muet et à qui l'on demande :
– Mais qu'est-ce que vous allez en faire ?
– Bah, je sais pas, il est complètement sourd... Je vais peut-être lui faire faire des études pour qu'il soit gynécologue !
– Ça ne va pas être pratique...
– Si ! Il lira sur les lèvres !

Marilyn

Coup de vent à Londres... La robe d'une fille se soulève et un mec fait :
– Waouh !
La gonzesse l'apostrophe :
– Vous n'êtes pas un gentleman !
– Vous non plus !

Réciprocité

C'est un gosse qui arrive à l'école avec un pansement et le maître lui demande :
– Qu'est-ce que tu as fait, pendant le week-end ?
– Je me suis amusé à compter les dents d'un cheval avec mes doigts !
– Et alors, pourquoi t'as un pansement ?
– Parce que le cheval a joué avec moi : il a compté mes doigts avec ses dents !

Foot-dog

C'est un mec qui dit à son pote :
– Moi, je suis supporter de Saint-Étienne et j'ai un chien, à chaque fois que Saint-Étienne prend un but, il hurle à la mort !
– J'te crois pas !
– Viens, on va aller au match, tu vas voir !
Ils y vont, Saint-Étienne prend un but, et le chien hurle à la mort. Le copain dit :
– C'est extraordinaire ! Et quand c'est Saint-Étienne qui marque un but, qu'est-ce qu'y fait, ton chien ?
– Je sais pas, je ne l'ai que depuis trois ans, ce chien !

Palais délicat

C'est l'histoire d'un mec qui demande à sa femme :
– Qu'est-ce qu'il y a à manger ?
– De la langue.
– Beurk ! C'est dégueulasse ! J'vais pas manger un truc qu'a été dans la bouche d'un animal ! Tiens, fais-moi des œufs !

Le médecin arrangeant

C'est un mec qui arrive à 18 h 30 chez un médecin, avec un couteau planté dans le dos. Le médecin lui dit :
– Désolé, moi je ferme à 18 heures ! Mais rassurez-vous, je vais vous arranger ça.
Il enlève le couteau, il lui plante dans l'œil et lui dit :
– Voilà ! Vous avez un ophtalmo, juste en face, qui ferme à 19 heures !

ALCOOL

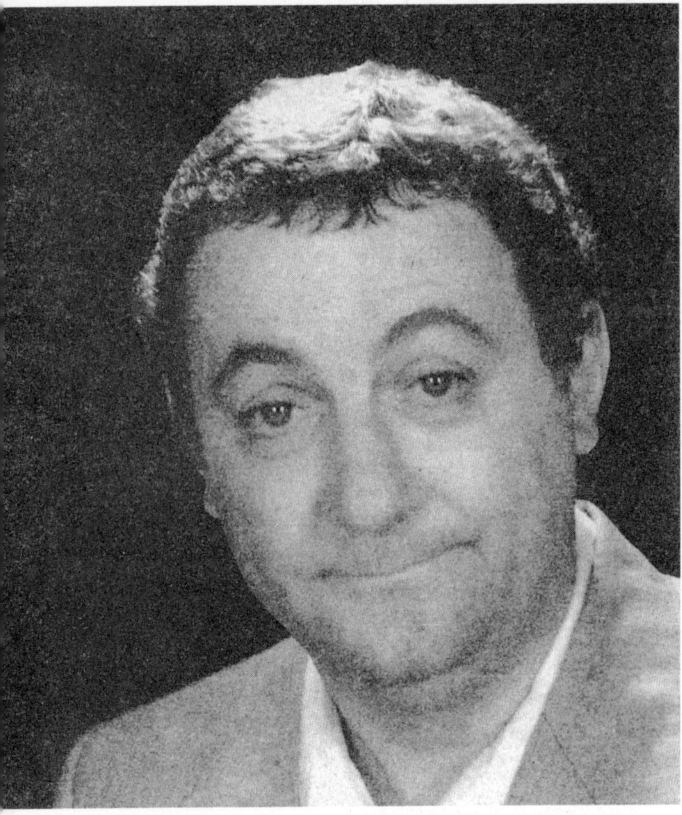

Un alcoolique,
c'est quelqu'un que vous n'aimez pas
et qui boit autant que vous.

Prendre de la bouteille

C'est un mec qui fait un reportage sur le plus vieux Français : 127 ans. Le reporter lui dit :

– Bonjour monsieur ! Comment vous faites, pour être si vieux ?

– Mais c'est pas dur ! Le matin, je me lève à cinq heures ; je vire les gonzesses qui sont dans mon lit et j'me tape un demi-litre de gnôle !

– De gnôle ?

– Oui, de gnôle ! Après ça on mange, je bois trois litres et demi de vin. Après ça, pousse-café... Toute la journée on picole, et puis après, on commence l'apéritif vers quatre heures et demie de l'après-midi. Puis on finit à huit heures avec le pastis, et tout ça ! Puis après, on arrive au repas du soir, on boit encore quatre litres de bon pinard et puis après, on discute jusqu'à quatre heures du matin avec les gonzesses et puis on s'tape encore un ou deux litres de gnôle !

– Ben dites donc ! Et c'est comme ça que vous avez eu cent vingt-sept ans ?

– Eh oui ! C'est comme ça !

À ce moment-là, on entend une porte qui claque. Il y a un mec qui chante et le reporter demande :
– Mais qu'est-ce que c'est que ça ?
– Ça, c'est mon père qui rentre bourré !

Deux cognacs, s'il vous plaît !

C'est un mec qui arrive au bistrot et qui prend toujours deux verres, toujours deux cognacs. Un jour, le barman lui demande :
– Mais pourquoi buvez-vous toujours deux verres ? Vous ne voulez pas plutôt un double ?
– Non ! Je bois deux verres parce que je bois le coup avec un pote à moi qui est mort il y a longtemps, au bistrot. On buvait, on a pris une cuite, et puis il est mort net. Depuis ce jour-là, j'ai dit à sa veuve que je boirai toujours pour lui, en souvenir de lui... Alors, donnez-moi deux cognacs !
Un jour, il arrive et ne demande qu'un cognac. Le barman, surpris, lui demande :
– Pourquoi ? Votre pote est ressuscité ?
– Non !... Mais moi je ne peux pas boire, en ce moment !

Des vessies pour des lanternes

C'est deux mecs pétés comme des coings (c'est deux coin-coins qui sont pétés). Ils arrivent au cinéma et entrent pendant la séance. Il y en a un qui voit arriver l'ouvreuse avec sa lampe et il dit à son copain :
– Attention !... Voilà un vélo !

Regrets...

C'est le juge qui visite les prisons et il arrive devant un mec. Il dit :
– Ah ! Je vois que vous buvez de l'eau !
– Ouais !
– Mais c'est bien ! Je me rappelle que vous avez été condamné à la prison parce que vous étiez saoul et que vous avez tiré avec un fusil sur votre belle-mère !
– Ouais...
– Alors maintenant, vous buvez de l'eau ?
– Ouais, j'bois d'l'eau... ouais !
– Si vous aviez pas été bourré le jour de votre colère, vous auriez pas tiré sur votre belle-mère !
– Si ! Mais je l'aurais eue !

Une bi... bière belge

C'est un bègue qui entre dans un bistrot. Il s'approche du bar et dit au barman :
– Je... je... voudrais u... une bi... bière belge de... de préférence, par... parce que... que... c'est les meilleures !
Le barman lui répond en bégayant :
– Oui, Monsieur ! a... avec... plai... plaisir !
L'autre lui dit :
– Eh dites... dites donc ! Vous vous... fou... foutez de moi ?
– Non ! Je... je ne me fous pas... pas de vous, je... je suis bègue aussi !
Et à ce moment-là, un client arrive et demande :
– Une... une... bière, s'il vous... vous plaît !
– Oui, Monsieur ! Tout de suite !
– Mais, mais... vous... ne... bé-bégayez pas ?
– Si ! Mais c'est de lui que je me moque !

La machine à sandwichs

C'est un mec complètement bourré qui sort du casino. Il a perdu toutes ses économies. Il lui reste seulement mille francs et le billet d'avion. Dépité, il arrive à

l'aéroport et voit une machine où il y a écrit : « sandwich : 10 francs ».
Il met dix francs, il a un sandwich. Alors il court faire de la monnaie en pièces de dix francs, revient, met toutes les pièces et, à chaque fois, il a un sandwich. Au bout d'un moment, il y a soixante-quinze sandwichs par terre.
Le chef de la station arrive et s'écrie :
– Dites donc, vous n'allez pas me laisser ça là ! Qu'est-ce que vous faites, un commerce ? Vous les revendez, ou quoi ?
L'autre lui répond :
– Mais non ! Taisez-vous, pour une fois que je gagne !

La queue de cheval

C'est un mec, dans un café, qui a un cheval et qui dit :
– J'offre un coup à boire à celui qui fait rire mon cheval !
Un mec s'approche de l'oreille du cheval, il lui dit quelque chose, et le cheval rit très fort. Le mec est obligé de payer le coup et, le lendemain, il voit le mec revenir et dit :

– Alors là ! Je paye le coup au mec qui fera pleurer mon cheval !
Le mec s'approche à nouveau du cheval, lui parle à l'oreille, défait un petit peu son pantalon et le cheval se met à pleurer. L'autre s'approche du mec en lui disant :
– Vous êtes vraiment très fort ! Je vous paye le coup, mais... dites-moi ce que vous avez fait ?
– Hier vous m'avez demandé de le faire rire : je lui ai dit que j'avais un sexe plus gros que le sien, il a ri ! Et aujourd'hui vous m'avez demandé de le faire pleurer : je le lui ai montré !

Puisque la terre tourne

Un homme complètement ivre s'est assis sur le bord d'un trottoir et a déclaré à un agent qui l'interrogeait : « Puisque la terre tourne, je vais attendre, là, que ma maison passe. »

Clair de lune

Deux alcoolos sont sur un banc, une nuit, et il y en a un qui regarde la lune et qui dit :

– Tu crois qu'elle est habitée, la lune ?
– Bien sûr ! Tu vois pas ? C'est allumé tous les soirs !

La soif et la faim

C'est un clochard qui trouve un billet de vingt sacs et qui dit à son pote :
– Tu sais ce qu'on va faire ? On va s'acheter dix bouteilles de vin supérieur et un pain !
Et l'autre lui fait :
– Pourquoi ? T'as faim, toi ?

AMOUR

Il n'y a pas de femmes frigides.
Il n'y a que de mauvaises langues.

Moi je dis que les femmes seront vraiment les égales des hommes le jour où elles accepteront d'être chauves et de trouver ça distingué.

J'suis rentré chez moi, ma femme m'a dit : « Si j'avais eu du lard, j't'aurais fait une omelette au lard. Malheureusement, je n'ai pas d'œufs. »

Vous savez pourquoi on trouve encore de la laine vierge ? C'est parce que les moutons courent plus vite que les bergers !

Savez-vous quel est le seul animal qui, dans sa carrière, peut changer plusieurs fois de sexe ?
Le morpion !

Est-ce que vous savez ce qui rentre sec et dur et qui ressort mou et mouillé ?
Un chewing-gum ! Faut pas toujours avoir l'esprit mal placé !

À vendre : Villa donnant sur camp de nudistes pour cause de myopie !

L'âge ingrat, chez les filles, c'est quand on est trop grande pour compter sur ses doigts et trop petite pour compter sur ses jambes.

Je rappelle, à tout hasard, que s'il y a des filles qui se prennent pour un perroquet, on a le perchoir !

Je voudrais des pilules

Timidement, une petite fille de trois ans dit à sa mère :
– Tu sais maman, j'aimerais bien quelque chose de spécial pour Noël... Mais tu ne cries pas !
– Mais non, ma chérie ! Et tu voudrais quoi ?
– Voilà, je voudrais des pilules !
– Quoi ? À trois ans ?
– Oui, il faudrait que j'arrête, tu comprends... J'ai déjà douze poupées !

Ça prend neuf mois

Un petit garçon demande à son père :
– Dis papa ! Ça prend combien de temps, pour faire un enfant ?
– Bah... Ça prend neuf mois !
– Ah bon ? Quand j'ai regardé hier par le trou de la serrure, c'est pour ça que vous étiez si pressés vers la fin ?

Éducation sexuelle

On demande à un mec :
– Est-ce que vous êtes pour l'éducation sexuelle ?
– Oui, mais à condition que ce ne soit pas à l'école !
– Et pourquoi ?
– Parce qu'à l'école, j'ai appris des tas de trucs qui m'ont dégoûté pour le restant de mes jours !

Le sucre et la petite cuillère

C'est une petite cuillère et un sucre qui sont tombés amoureux. Malheureusement c'est une histoire terrible, parce que l'un des deux est mort : ils s'étaient donnés rendez-vous dans un café !

Ni vu ni connu

C'est un petit couple qui se promène en tandem. Tout près d'une petite rivière, ils aperçoivent des petits buissons derrière lesquels ils vont se déshabiller. Ils se retrouvent tout nus... À ce moment-là, on entend : « Compagnie de camouflage, en avant ! » Et les petits buissons s'en vont...

Fumoïkato !

À son arrivée au Japon, un champion de golf, désireux de profiter un peu du pays, va au restaurant et rencontre une Japonaise... Ils passent la nuit ensemble, et pendant qu'il lui fait l'amour elle s'écrie : « Fumoïkato ! Fumoïkato ! Fumoïkato ! »
Le champion de golf, il est content : il pense que « Fumoïkato », ça veut dire « c'est formidable »...
Le lendemain, il va au golf. Là, y'a un Japonais qui, du premier coup, met la balle dans le trou. Alors le champion lui dit :
– Bravo, monsieur ! Fumoïkato !
– Comment ça, j'me suis gouré de trou ?

La mariée n'était pas trop belle

C'est un mec qui va au mariage de son pote et il s'aperçoit que la mariée est vraiment moche. Il s'approche de son copain et lui demande si elle est riche.
– Non, pourquoi ?

– Mais enfin, tu ne vas tout de même pas épouser ce traiteau ! Elle a une jambe plus courte que l'autre, elle a un gros genou, elle pue, il lui manque un œil, elle a le nez qui lui tombe dans la bouche...
Et son pote lui lance :
– Tu sais, tu peux parler plus fort, elle est sourde !

Grammaire sexuelle

Tous les mots en « al » font leur pluriel en « aux ». Par exemple : un anal, des anaux. Sauf dans le cas d'une jeune mariée. Parce que pour une jeune mariée, on dit un trousseau et deux trous sales.

Le maître nageur

C'est une petite fille qui apprend à nager. Le maître nageur lui dit :
– N'aie pas peur, je te tiens !
Et la petite fille lui fait :
– Je suis contente que vous m'appreniez à nager parce que ma grande sœur, maintenant, elle nage très bien.
– Ah bon ?

– Oui, elle nage très bien. C'est vrai que si vous enlevez le doigt, je coule ?

Provisions de route

C'est un gosse qui arrive chez le pharmacien et qui demande des capotes anglaises.
– Des capotes anglaises ? À ton âge ?
– C'est pas pour moi, c'est pour ma sœur !
– Des capotes anglaises pour ta sœur ? Et quelle taille ?
– Pour toutes les tailles ! Elle part en vacances en auto-stop !

Ne m'appelle pas maman

Un petit garçon demande à sa mère : « Maman, qu'est-ce que c'est, un travesti ? » Et sa mère lui répond : « Je te le dirai quand tu seras plus grand ! Et puis ne m'appelle pas maman, ça m'agace ! »

Légende

Une vieille légende canadienne : c'est une petite fille qui se balade sur la banquise. Dans la banquise, il y a un trou dans l'eau et un loup est tombé dans le trou. Alors

elle le tire par la queue, elle tire fort sur la queue du loup et le ramène sur la banquise. À ce moment-là, instantanément, le loup se transforme en prince charmant et elle lui fait :
– Ah ! C'est formidable ce que vous êtes beau !
Et lui répond :
– Merci, mais ça ne vous dérange pas, maintenant, de me lâcher ?

Dites un chiffre entre 1 et 10

C'est un Belge et un Suisse qui sont dans un bal. Ils se demandent comment ils pourraient bien faire pour aller draguer une jeune fille. Alors le Suisse dit :
– Tu vas voir, moi, je connais un jeu ! C'est très facile, regarde bien ! Tu dis à la fille : « Dites un chiffre entre un et dix ! » Alors mettons, au hasard, elle va te dire cinq. Tu diras : « Formidable ! Vous avez gagné une soirée avec moi... » Et puis hop, tu commences à danser !
– Ah, épatant ! Essaie un peu...
Le Suisse y va et dit :

– Bonjour mademoiselle ! Dites un chiffre entre un et dix !
– Cinq !
– C'est formidable ! Vous avez gagné une soirée avec moi !
Le Belge se dit « c'est extraordinaire, je vais essayer ! », il avise une autre gonzesse, s'approche et lui dit :
– Mademoiselle, dites un chiffre entre un et dix !
– Sept !
– Sept ? Dommage, vous avez perdu !

Surprise-partie chez les eunuques

C'est chez des eunuques : il y a une surprise-partie. Il n'y avait pas de parties, c'était ça la surprise !

La salière et la poivrière

C'est un type qui est dans un restaurant. Il mange et se trouve en face d'un couple dont la femme est superbe. Il fait face à la femme et son mari lui tourne le dos.
À un moment, elle prend la salière, la secoue au-dessus de son plat, mais le sel n'en sort pas. La voyant en difficulté, le

type lui fait signe, avec la main, de taper sur la salière afin de déboucher les trous, c'est-à-dire de fermer le poing gauche et, avec la main droite, à plat, de taper dessus.

Au moment précis où il fait le geste, le mari se retourne, croit qu'il fait un geste obscène à son épouse, se lève et lui donne un grand coup de poing.

Le type part pour se faire soigner et, dans le hall du restaurant, un serveur arrive avec le même coquard ! Le type lui dit :

– Ah ! Vous aussi, vous lui avez dit de taper sur la salière ?

– Non. Moi, je lui ai fait un geste de loin pour lui demander si elle voulait le moulin à poivre !

Le don Juan cul-de-jatte

C'est un monsieur qui est cul-de-jatte. Il est même plus que cul-de-jatte, parce que, en fait, on dit cul-de-jatte quand on a les jambes coupées : lui, il serait plutôt « ceinture-jatte » ! Il est coupé plus haut encore ! Il est là, toujours dans le même café, et toujours, toujours, il emballe une gonzesse ! Il y a un type à côté de lui qui se dit : « Mais comment se fait-il que, tous les jours, il emballe une gonzesse ? » Et à ce moment-là, il voit le type qui se lèche les sourcils...

Un petit manteau imperméable

C'est un monsieur très timide qui entre dans une pharmacie pour acheter des capotes. Il s'approche de la pharmacienne et dit très doucement :
– Bonjour madame... Je voudrais un petit manteau imperméable pour « l'appareil »...
Alors la pharmacienne le lui glisse discrètement sous le comptoir en disant :
– Tenez ! Voilà, c'est pour vous ! Et si vous voulez un col de fourrure, je sors à six heures !

L'amour ou Noël

C'est une fille qui est très très moche, et alors on lui demande :
– Est-ce que tu préfères faire l'amour, ou est-ce que tu préfères Noël ?
Et elle répond :
– Je préfère Noël, c'est plus souvent !

L'amour radio

C'est un type qui dit :
– Je suis allé en Chine. Et là-bas, les femmes, vous savez, elles font l'amour formidablement ! Il y en a une qui m'a fait « la radio » !
– Ah bon ! C'est quoi, « la radio » ?
– C'est formidable ! Enfin, au début... J'ai beaucoup aimé tant qu'elle a parlé dans le micro, mais alors, quand elle s'est mis les écouteurs !

Une vierge du XVe

C'est une bonne femme qui visite un musée avec son fiancé et le mec du musée dit :
– Voilà une Vierge du XVe !
Et la bonne femme de s'étonner :
– Ah tiens... on a un point commun !
– Ah bon ! Vous êtes vierge ?
– Non ! Je suis du même arrondissement !

Bêêêê !

C'est une dame qui dit à son médecin :
– Je ne sais pas ce qu'il a, mon mari, mais

tous les soirs, quand je me déshabille, il fait la chèvre et il me saute dessus !
Alors le médecin lui dit :
– C'est curieux, en effet ! Déshabillez-vous pour voir !
Elle se déshabille et le médecin fait : « Bêêê ! »

Ils sont bizarres, ces humains !

C'est dans une ferme : le fermier vient d'acheter une poule, mais elle ne fait pas d'œuf. Le premier matin, il n'y a pas d'œuf, alors il lui met un doigt dans le cul pour voir : rien ! Le deuxième jour, la poule n'a toujours pas pondu, alors il lui remet le doigt... rien ! Le troisième jour, c'est pareil.
Alors la poule va voir la vache et lui dit :
– Dis donc ! Ils sont bizarres, ici ! Ça fait déjà trois jours que le fermier me met le doigt dans le cul ! Vraiment ! Il est bizarre !
Et la vache lui répond :
– M'en parle pas ! Moi, ça fait des années qu'il me pelote et il ne m'a jamais embrassée !

C'est un mâle ou une femelle ?

C'est une vieille dame qui se trouve au zoo. Elle tourne autour de l'hippopotame, et l'examine sous tous les angles. Le gardien est là, il la voit faire et elle lui demande :
– Dites-moi, monsieur... L'hippopotame qui est là, vous voyez, celui qui est si gentil ! C'est un mâle ou une femelle ?
Et le gardien lui répond :
– De toute façon, on n'a pas le droit de toucher !

Je perds la mémoire

Trois vieux sont assis sur un banc et il y en a un qui dit :
– C'est marrant, moi, tu vois... Aussitôt que je monte un étage, j'ai le cœur qui fait tac-tac-tac ! Chez moi, c'est le cœur qui lâche !
L'autre lui dit :
– Moi, tu vois, si je me mets devant la télévision, je vois tout trouble. Même la Cinq, je vois que quatre et demi seulement ! Tu vois, moi, c'est les yeux !
Et le troisième fait alors aux deux autres :

– Eh bien moi, l'autre jour, j'étais allongé sur mon lit, j'ai dit à ma femme de venir pour qu'on s'en mette un p'tit coup et elle m'a répondu qu'on s'en était déjà mis un p'tit coup dix minutes avant. Moi, c'est la mémoire que j'perds !

Je ne veux pas de petit frère !

C'est un petit garçon qui surprend ses parents en train de copuler et il leur dit :
– Non ! Arrêtez ! Arrêtez ! Je ne veux pas de petit frère, je ne veux pas de petite sœur ! J'en ai marre, je ne veux pas !
Les parents, évidemment, ça leur coupe tout... L'enfant se couche... Mais dans la nuit, il a soif : il se lève pour aller dans la cuisine, et là, il découvre ses parents, à quatre pattes, qui recommencent ! Alors il s'écrie :
– Non ! J'ai dit pas de petit frère, pas de petite sœur, mais je ne veux pas non plus de petit chien !

Des préservatifs de toutes les couleurs

C'est un mec qui entre dans une pharmacie et qui demande :

– Je voudrais des préservatifs roses avec des bandes vertes !

– Non, monsieur, nous n'avons pas de préservatifs avec des bandes vertes !

– Tant pis !

Il s'en va et arrive un deuxième type.

– Et pour vous, monsieur ?

– Moi, je voudrais des préservatifs jaunes avec des fleurs !

– Ah non ! Nous n'avons pas ça !

À ce moment-là, un vieux entre et demande :

– Je voudrais des préservatifs !

Alors le pharmacien, excédé, lui dit :

– Oui, je sais, en couleurs avec des petits pois !

– Moi, la couleur, je m'en fous, répond le vieux. Du moment qu'il y a des baleines !

Le pari-pédé

Deux pédés ont échoué sur une île déserte. Au bout d'un moment, il y en a un qui dit à l'autre :

– Bon, écoute ! On a tout résolu les problèmes. On a résolu le problème du logement : on s'est construit des huttes. On a résolu le problème de la nourriture : on cueille des fruits et on attrape des bêtes. Mais maintenant, il faudrait qu'on résolve le problème du sexe ! Alors voilà ce que je te propose : on fait des devinettes... si tu gagnes c'est toi qui fais la femme et si tu perds c'est moi ! Alors voilà, j'ai une devinette : qu'est-ce qui a des plumes et qui fait cocorico ?

– Un crocodile !

– Bravo ! Bonne réponse !

Douze ans d'agonie

C'est une femme qui est à l'agonie et dont le mari a appelé le docteur :

– Dites-moi ! Il y a longtemps qu'elle râle comme ça ?

– Ah ben ! Ça fait quand même douze ans qu'on est mariés !

Le doigt dans l'œil

C'est des martiens qui arrivent dans la cuisine et qui disent :
– On va vous faire voir comment on fait les enfants ! Alors nous, on se met le doigt dans l'œil et hop ! Ça y est, on a un petit !
– Oh ! C'est marrant...
– Et vous, comment vous faites ?
Un peu gênés, les époux répondent :
– Oh, quand même ! On ne va pas faire ça devant vous !
– Si, si, allez-y ! De toute façon, on s'en fout, on est martiens !
Alors le mari prend la maman sur la table et les martiens se marrent...
– Ah ! Ah ! Ah ! Nous, c'est comme ça qu'on fait le café au lait !

Personne n'est parfait

C'est deux mecs qui se rencontrent comme ça, ils tombent en arrêt l'un devant l'autre et il y en a un qui fait :
– Qu'est-ce que vous êtes beau !
– Ah ? Mais vous aussi, vous êtes beau ! Vous avez un corps magnifique, vous avez une taille de guêpe, vous avez... Ah ! Si le

dard ressemble au plumage, vous êtes la plus belle guêpe du métro !
– Mais vous aussi, vous êtes beau ! Et vous avez de ces yeux !... Vous n'êtes pas homosexuel, par hasard ?
– Non, et vous ?
– Non, moi non plus !
– Ah, quel dommage !

Bonnes fêtes !

C'est un type qui envoie un caleçon à une gonzesse : sur la fesse gauche, il y a écrit « Joyeux Noël ! », et sur la fesse droite, il y a écrit « Bonne Année ! ». Et il y a un petit mot avec « Je passerais volontiers vous embrasser entre les fêtes ! »

Rien ne peut les séparer !

C'est une bonne femme qui téléphone un dimanche soir à son vétérinaire pour lui dire :
– Voilà ! Je suis très embêtée, j'ai une petite chienne et il y a un gros chien qui vient de se mettre dessus, ils sont collés, ils arrivent pas à se défaire !
– Je vois... Essayez un seau d'eau !

La dame raccroche mais, une demi-heure après, elle rappelle :
– J'ai essayé le seau d'eau, ils n'ont pas bougé ! Je ne sais pas quoi faire, je suis très embêtée !
– Bon ! Essayez de taper dessus avec un bâton !
Ils raccrochent. Troisième fois, elle retéléphone :
– Dites donc ! Je suis embêtée, j'ai essayé avec un bâton, ça n'a pas marché !
– Bon, dit le vétérinaire. Eh bien, essayez de lui dire qu'on l'appelle au téléphone. Ça a déjà marché trois fois pour moi, ça va peut-être marcher pour elle !

Le ver luisant daltonien

C'est un ver luisant daltonien qui se tient les couilles et qui dit :
– Avec tous ces mégots qu'ils laissent traîner par terre, je me suis encore fait avoir !

Dans le nombril, je veux bien...

Un médecin dit à une patiente :
– Écoutez, chère madame, il va falloir que je vous prenne la température !
– Ça m'embête un peu, parce que je suis très sensible !
– Si vous voulez, le thermomètre, je vous le mets dans la bouche...
– Ah non ! Pas dans la bouche !
– Peut-être que je pourrais vous le mettre sous le bras ?
– Ah non ! Pas sous le bras, ça va me chatouiller !
– Bon, écoutez ! Je vais vous le mettre dans le nombril !
– Dans le nombril, je veux bien ! Mais on éteint la lumière parce que je suis timide !
Il éteint la lumière et elle lui fait :
– Mais c'est pas le nombril, là !
– Ça ne fait rien, c'est pas le thermomètre !

Sexisme

Quelle différence y a-t-il entre l'abominable homme des neiges et l'abominable femme des neiges ? Une abominable paire de couilles !

On va jouer au portrait

C'est deux mecs qui sont sur une île déserte et il y en a un qui dit à l'autre :

– Si on jouait au « portrait » ? Voilà, euh... Si j'étais... admettons... Si j'étais une jeune fille blonde très jolie avec de jolies cuisses, de beaux genoux, une belle poitrine, une belle bouche...

– Je ne sais pas qui tu es, mais couche-toi là pour voir si ça marche !

Échange

C'est un bègue qui va voir le médecin et qui lui dit :

– J'en ai ma... marre de... de... bégayer, je vou... voudrais que l'on m'op... m'opère !

– Je veux bien vous opérer mais je vous préviens, c'est génital ! Ce que vous avez, ça tient à la virilité ! Donc, il faut que je vous enlève une petite partie de vos « génitales », et après vous ne bégayerez plus !

– Je ve... veux bien pa... parce que je... j'en ai marre, le temps que... que je dra...

drague u... une gonzesse, elle est pa... partie ! Ça me... me sert à... à rien la... la virilité !
Le docteur l'opère et le type ne bégaye plus. Au bout de huit jours, il s'habitue à ne plus bégayer mais il ne s'habitue quand même pas à avoir perdu sa virilité. Il décide de revenir voir le médecin et lui dit :
– Voilà ! J'ai bien réfléchi, je voudrais que vous me remettiez ce que vous m'avez enlevé !
Le médecin lui fait :
– Tro... trop ta.. tard !

Simulateur

C'est un mec qui est somnambule. Il se lève au milieu de la nuit, il commence à marcher dans le noir avec les bras tendus, alors sa femme allume la lumière et lui dit :
– Tu peux te recoucher, j'ai renvoyé la bonne... Andouille !

Mâle ou femelle

Comment reconnaît-on les perroquets mâles des perroquets femelles ? Vous les enfermez dans le frigo et celui qui sort en disant : « Putain, on se les gèle là-dedans », c'est le mâle !

Soit elle a la grippe, soit elle est enceinte

C'est une gosse de neuf ans qui va chez le médecin avec sa mère, et le docteur, embêté, dit à la maman :
– Soit votre fille a la grippe, soit elle est enceinte...
Et la gosse dit :
– Je me demande bien qui a pu me refiler la grippe !

Récupération

C'est un mec qui rentre chez lui et trouve sa femme couchée avec un clochard. Alors il s'écrie :
– Mais enfin ! Ça va pas ? Qu'est-ce que tu fais, couchée avec un clochard dans le lit ?
– Ben ! Il est entré, et il m'a demandé s'il y avait des choses dont tu ne te servais plus !

Le perchoir

Un mec est dans une soirée avec sa femme. Il se vante :
– Moi, quand je suis en pleine forme, eh bien... il y a douze oiseaux côte à côte qui peuvent se poser sur le perchoir !
Alors sa femme fait : « Hum ! Hum ! »
– Bon d'accord ! Le douzième a un pied dans le vide !

À cheval, mon Indien !

Retour de vacances.... Une mère demande à sa fille si elle s'est bien amusée.
– Ah oui, maman ! J'ai été en Amérique et j'ai vu des Indiens !
– Ah bon ? Et alors, tu t'es bien amusée ?
– Ah oui ! J'ai fait du cheval avec des Indiens ! Je suis montée derrière un Indien, on a fait du cheval et on a galopé dans la prairie !
– Ah ? Et tu n'as pas eu peur ?
– Non, je me tenais au pommeau de la selle !
– Tu ne sais pas encore que les Indiens montent sans selle ?

Je lis dans les hommes

C'est un mec qui drague une gonzesse dans un bistrot et la fille lui dit :
– Vous savez, vous cassez pas trop, mon vieux ! Je lis dans les hommes comme dans un livre !
– Vous aimez lire au lit ?

Provocation

C'est une gonzesse qui se déshabille devant un singe au zoo. Elle commence à ouvrir son corsage et le singe s'excite dans sa cage, il saute partout ; elle soulève sa jupe, lui montre ses porte-jarretelles et le singe commence à devenir fou en la voyant. Alors le mari pousse tout à coup sa femme dans la cage et lui fait :
– Vas-y, maintenant ! Dis-lui que tu as la migraine !

Nuit de noces

C'est un couple de jeunes mariés qui arrivent dans leur appartement de jeunes mariés. Le mari porte sa femme dans ses

bras et en même temps, d'une main, il essaye de mettre la clé dans la serrure :
– Merde ! J'trouve pas le trou !
– Eh ben ! Ça commence bien !

États de services

C'est une femme qui a trouvé une bonne en faisant les petites annonces. La bonne arrive et la femme lui demande :
– Vous avez déjà servi ?
– Non ! Vous pourrez dire à Monsieur que je suis vierge !

Le mauvais exemple

C'est deux gosses qui se font surprendre avec la main dans la culotte et la mère dit à son fils :
– Mais qu'est-ce que tu fais ?
– On joue à papa et à la bonne !

Demi-lune de miel

C'est un Juif qui dit à son pote :
– Tu sais, c'est formidable ! Je pars demain en voyage de noces !

– Tu pars en voyage de noces... et tu emmènes pas ta femme ?
– Mais non ! Elle garde le magasin !

L'amour au long cours

Une bonne femme dit à une ancienne copine :
– Moi, mon mari est officier de marine ; il est onze mois de l'année en mer et un seul mois en France !
– Ben dis donc ! Ça doit quand même te paraître long ?
– Non, parce que sur le mois, il passe la moitié chez sa mère !

Wouhh !!!

C'est une gonzesse qui vient voir son psychiatre et qui lui dit :
– Écoutez ! Je viens vous voir parce que j'ai déjà vu un autre psychiatre et il m'a dit que la seule chose qui pourrait me guérir... parce que je suis très peureuse... c'est que dès que j'ai peur, je dois mettre quelque chose dans ma bouche pour le sucer. Par exemple, mon pouce...

– Mais ça c'est très bon, comme thérapie ! dit le psychiatre.
Il ouvre sa braguette et il fait :
– Wouhh ! !

J'ai baisé la jumelle

C'est un type qui dit à son pote :
– Tu sais, je suis embêté ! Ma femme a une sœur jumelle et l'autre jour, j'étais bourré, je me suis gouré, j'ai baisé la jumelle. Et maintenant, je suis obligé de divorcer !
– Mais quand même ! La jumelle, t'as pas vu qu'il y avait une différence ?
– Si ! C'est pour ça que je veux divorcer ! Y'a une différence !

C'est ça, l'amour !

C'est une femme qui demande à son mari :
– Dis-moi, mon chéri ! Tu préfères les femmes belles, ou intelligentes ?
– Allons ! Ni l'une ni l'autre, tu sais bien que c'est toi que j'aime !

Ah ! si c'était une femme !

Deux paysans se baladent dans un champ. Tout à coup, ils voient une chèvre qui s'est coincé la tête dans une haie. Et il y en a un qui fait :
– Ah ! Si c'était une femme !
– Ah ! Si c'était la nuit !

Je ne suis pas celle que vous croyez

C'est une femme qui dit à son médecin :
– Écoutez ! Je ne sais pas ce qui se passe, mais tout le monde me croit nymphomane !
– Eh bien rhabillez-vous, lâchez-moi le sexe et je vais vous faire une ordonnance !

Patate !

C'est un Belge qui dit à son ami :
– Si tu veux emballer des gonzesses, tu sais ce que tu fais ? Tu choisis une grosse pomme de terre... mais alors une grosse pomme de terre... et tu te la mets dans ton slip !
Un peu plus tard, l'autre revient et lui dit :

– Tu sais, regarde ! J'ai essayé de faire ce que tu m'as dit, mais ça ne marche pas !
Alors l'autre lui répond :
– La pomme de terre, tu devrais la mettre par-devant...

Ménage à quatre

C'est deux mecs bourrés et il y en a un qui dit à l'autre :
– Tu vois, la grande brune qui est là, c'est ma femme. Et la petite blonde qu'est à côté... c'est ma maîtresse.
– Ah ! Ça c'est marrant... Moi, c'est le contraire !

Ah ! les belles-mères !

C'est un mec qui dit à son copain :
– Ma belle-mère, elle est crampon ! Elle a mis six mois avant de partir de chez nous. Faut dire qu'on habite chez elle... mais quand même !

Ça se soigne !

C'est un mec qui va dans une pharmacie et il y a une vieille derrière la caisse. Il lui dit :
– Voilà... J'ai un problème : j'aurais besoin d'un médicament parce que j'ai toujours envie de faire l'amour ! Qu'est-ce que vous pouvez me donner ?
Et la vieille lui répond :
– Trois mille francs par mois, nourri, logé !

L'employé du gaz

C'est l'employé du gaz qui arrive un après-midi et il tombe sur une femme en déshabillé.
– Bonjour, madame ! Je viens pour relever le gaz.
Et elle lui fait :
– Ouais, ouais... c'est ça ! Mais qu'est-ce qui me dit que vous êtes un vrai employé du gaz et que vous n'êtes pas un sadique déguisé qui vient pour profiter d'une pauvre femme qui sait que son mari ne rentrera pas avant 19 h 30 ?

La touche de la vieille dame

C'est une très vieille dame qui est assise dans une boîte de nuit et qui appelle le garçon :
– Dites-moi, garçon ! Qu'est-ce que c'est, là-bas ? Qui est cet homme qui me regarde depuis le début de la soirée ?
– C'est un antiquaire, madame !

Allô chéri, c'est toi ?

Une dame très jalouse téléphone au bureau de son mari par la ligne directe et lui dit :
– Allô, chéri, c'est toi ?
– Oui c'est moi, chérie... Qui est à l'appareil ?

Allô, les pompiers ?

C'est une bonne femme qui appelle les pompiers :
– Vite, vite ! Venez ! Y'a un jeune homme qui essaie d'escalader ma fenêtre !
– Mais madame ! On n'est pas la police, nous ! On est les pompiers !

– Oui, mais justement !... Il n'y arrive pas, il n'a pas une échelle assez longue...

Le hérisson et l'oursin

C'est un hérisson qui arrive à la plage, qui rencontre un oursin et qui fait : « Oh ! Une fille ! »

Il ressemble à son père !

C'est un enfant qui naît dans une clinique et l'infirmière dit à la maman :
– Oh ! L'enfant, qu'il est beau ! Il ressemble à son père !
Et la bonne femme répond :
– Pourvu que mon mari ne s'en aperçoive pas ! »

Y'a d'l'abus

C'est un type qui rentre chez lui et qui trouve sa femme en train de se faire tirer par son meilleur ami. Il est là, au pied du lit, il lâche ses deux valises et dit à son ami :
– Roger ! Toi, tu me fais ça ? Alors qu'on s'est connus enfants, qu'on a été à l'école

ensemble, qu'on a usé nos culottes sur les mêmes bancs ! On a été au catéchisme, chez les boy-scouts... On a été à l'armée ensemble, on s'est sauvé la vie, on est amis depuis toujours, on travaille dans la même usine... On a été... Et merde ! Vous pouvez vous arrêter, pendant que je vous parle, non ?

L'examen

C'est une gonzesse qui arrive à l'examen et l'examinateur lui demande :
– Alors, mademoiselle ! Quel était le premier homme ?
– Ah non ! Ça, c'est ma vie privée ! Je ne peux pas tout vous raconter, quand même !

Les jupes de son père

Une dame est convoquée au collège par le directeur au sujet de son fils.
– Ce qui est arrivé n'est pas très grave, mais enfin, ça m'ennuie... Je ne peux pas admettre cela... Vous comprenez, votre garçon, ce matin, il est arrivé en classe habillé d'une robe transparente avec un panty en dessous !

– Alors là ! Vous avez bien raison ! Je lui avais interdit de jouer avec les affaires de son père !

Les douches communes

C'est un match qui vient de finir, tout le monde va dans la douche et il y a des mecs qui attendent devant la porte.... Il y en a un qui est notoirement connu pour être un peu pédoque. Or, deux autres mecs sont restés enfermés dans la douche avec lui et ça dure, ça dure... Au bout d'un moment, un gars frappe à la porte et dit :
– Alors ! C'est pas bientôt fini ?
– Ça vient... Ça vient...
Finalement, il y en a un qui sort. Alors le gars lui dit :
– Vous en avez mis un temps, pour prendre une douche !
Et l'autre lui répond :
– Oui, mais tu comprends, à un moment, le savon est tombé : personne a voulu le ramasser !

La paire

C'est deux mecs qui se rencontrent. Ils ne s'étaient pas vus depuis longtemps et il y en a un qui dit :
– Alors ! Ça va ?... Comment va votre famille ?
– Très bien, très bien...
– Et comment va votre père ?
– Vous savez, malheureusement... j'ai eu les oreillons l'année dernière, maintenant il y en a une qui me fait mal !

L'amour chirurgical

Un chirurgien a emballé une gonzesse, ils rentrent chez lui et elle lui dit :
– Qu'est-ce qu'on pourrait faire ?
– J'ai une idée ! On va jouer à la transplantation d'organes !

Harcèlement sexuel

C'est un mec qui est dans une armurerie. Il essaye un revolver et tout d'un coup : Pan ! il y a un coup qui part. La balle traverse la rue, entre dans le bureau d'en face et on entend la secrétaire s'exclamer :

– Ben dis donc ! Elle m'est passée à deux centimètres du cul, la balle ! J'ai rien... mais le patron est blessé au doigt !

La monotonie

La bigamie, c'est quand on a deux femmes ; et la monotonie, c'est quand on n'en a qu'une !

Les vieux mariés

C'est un mec qui fait la quête, il frappe à la porte d'un appartement et dit :
– Bonjour monsieur, on fait une petite quête pour les maisons de retraite : vous n'avez rien à donner ?
– Bien sûr que si... Mémé ! Mets ton manteau et prends ton sac, ils viennent te chercher !

Porte-jarretelles

C'est une fille qui met un porte-jarretelles pour la première fois et sa mère lui dit :
– Ça te plaît ?
– Oui, oui... c'est sympathique ! Mais enfin... ça fait mal !

– Comment ça, ça fait mal ?
– Oui, ça fait mal... ça tire !
– Mais comment ça ?
La mère, intriguée, soulève la jupe de sa fille et lui dit :
– Mais non, ma fille !... C'est pas pour les lèvres, c'est pour les bas !

Oie blanche et gueule cassée

C'est une jeune fille modèle qui voyage en train accompagnée d'une bonne sœur. La jeune fille modèle fait des mots croisés et tout à coup, quand elle a terminé, elle dit :
– C'est extrêmement curieux. J'ai rempli toutes les cases mais il y en a une qui ne va pas. Ou alors, je me suis trompée... parce que cette lettre-là ne convient pas ! Pourtant... la définition est : « quand on tire un coup », en sept lettres...
Un ancien combattant qui l'écoute lui dit :
– Ça doit être : « douille » !
– Ah ! c'est ça !... Quelqu'un aurait-il une gomme ?

Le lièvre et le taureau

C'est un lièvre qui traverse une route et tout à coup une voiture arrive, le renverse et l'envoie valdinguer entre les jambes d'un taureau. Le taureau lui dit :
– Dis donc !... Avec des oreilles comme ça, t'as pas entendu la bagnole arriver ?
– Dis donc ! répond le lièvre... Et avec une paire de couilles comme ça, tu trouves normal d'avoir des cornes ?

Jeunesse, quand on te tient...

Dans un hôtel, c'est un jeune homme à qui l'on dit, parce qu'il n'y a plus assez de place :
– Si cela ne vous ennuie pas, on va vous faire coucher avec un vieux monsieur qui est très gentil... Il n'y aura pas de problème, on le connaît bien, il est très gentil, et il a un lit à deux places. Sinon c'est complet, on n'a pas le choix !
Le jeune homme accepte, il se glisse dans le lit du vieux monsieur pendant son sommeil. Le lendemain matin, le vieux se dresse sur son lit, s'asseoit et fait :
– Vite ! Vite ! Une femme... Vite, une

femme ! Il y avait si longtemps que ça ne m'était pas arrivé !
Le jeune homme se réveille et lui dit :
– Dis donc, pépère ! Tu me lâches ? C'est moi que tu tiens !

Menu de mariage

C'est le mariage d'un mec et, au menu, il y a du poulet. Le garçon passe devant tous les convives en leur demandant :
– Je vous mets une aile ?
Il dit la même chose à tout le monde et le plateau arrive devant le marié qui dit au garçon :
– C'est marrant : il n'y a que des ailes, dans vos poulets !
– Non... mais le jour des noces, on sert pas les cuisses !

Pas de panique !

Le commandant de bord dit aux passagers :
– Mesdames, mesdemoiselles, messieurs, l'avion a très bien décollé et le commandant de bord vous souhaite la bienvenue.

Mais il oublie de fermer son micro et il fait :
– Bon ! Maintenant je vais me taper un petit whisky, et puis après je vais baiser l'hôtesse !
L'hôtesse entend ça ! Affolée, elle court vers la cabine. Un mec l'attrape au passage et lui dit :
– Courez pas ! Il boit un whisky, d'abord !

Le pingouin et le ramoneur

Vous savez la différence qu'il y a entre un pingouin et un ramoneur ?
Eh bien, le pingouin a la queue noire !

Pédé-dimanche

C'est un pédé qui dit :
– Qu'est-ce que j'm'amuse, le dimanche ! Voilà ce que j'fais : je joue au football avec des copains, je descends tout le terrain avec le ballon au pied... je dribble, je dribble... et quand j'arrive tout seul devant les buts, je shoote comme un con, je mets le ballon à côté du but, et là tout le stade se met à crier : « Enculé ! »

Flagrant délire

C'est un type qui est en train de baiser avec une gonzesse. Tout à coup, ils entendent une clé dans la serrure : Cric-crac... cric-crac !... Et la gonzesse fait :
– Ciel, mon mari !
Elle se retourne vers son amant et lui dit :
– Là, c'est le moment de prouver que tu es un homme !
– Quoi ? À lui aussi ?

Attentat à la pudeur

En Écosse, un Écossais a été arrêté pour attentat à la pudeur. Il n'arrêtait pas de s'éponger le front avec son kilt !

Sexe au logis

Un père dit à son gosse :
– Bon ! Maintenant, tu es grand ! Il y a d'autres choses dans la vie ! Y'a pas que les billes, y'a pas que les poupées de ta sœur, y'a pas que les jeux... Y'a des choses plus importantes que ça, par exemple le sexe. Est-ce que ça te dit, qu'on parle du sexe ?

– Oui papa ! Pas de problème ! Qu'est-ce que tu veux savoir ?

C.A.P.

J'avais une copine qui était pute et qu'a pas eu son C.A.P. parce qu'elle a été étouffée à l'oral !

Lot de consolation

C'est une fille qui part en vacances de neige et elle dit :
– Ah ! Il neige pas, j'suis embêtée, il neige pas ! Une radio annonce qu'il va tomber trois centimètres de neige, l'autre annonce cinq centimètres... C'est vraiment pas beaucoup !
Et le moniteur de ski lui fait :
– Si vous voulez, moi, pour la journée j'peux rien vous dire ; mais pour la nuit, j'peux vous proposer dix-huit centimètres !

Comparution pour viol

C'est dans un procès, il y a un jeune homme qui a violé une vieille femme et le juge d'instruction dit :

– Regardez cet homme ! Il l'a violée !
Et la vieille fait :
– Pas du tout, il l'a rouge vif !

Méprise

C'est Marius qui va pour la première fois à Chamonix. Il ne connaît pas et il voit marqué : « Chamonix, 20 cm – molle ». Alors lui, en dessous, il écrit au stylo : « Marius, 23 cm, dure ! »

Deux asticots au restaurant

Dans un resto, deux asticots sortent d'une salade. L'un des deux voit passer un plat de spaghettis et dit :
– Tiens, une partouze !

« Pelotonnerie »

C'est un paysan qui s'en va à la foire avec son gosse et qui lui dit :
– Je vais t'expliquer comment on achète une vache... D'abord, il faut bien la tâter pour voir si elle est ferme. Il faut la tâter partout...
Le paysan tâte la vache, il tâte le cou, il

tâte les pis, il tâte le cul de la vache.... et le gosse, il rentre chez lui en se souvenant comment on achète une vache. Il arrive en courant à la maison et il dit à son père :
– Viens vite voir, papa ! Y'a le représentant qui veut acheter ma sœur !

Comme mon grand frère !

C'est deux gosses, deux frères, et il y en a un qui est plus grand que l'autre. Le grand frère dit au petit frère :
– Tu sais pas ce qui m'est arrivé ? Moi, j'étais avec mon vélo, j'ai emmené une gonzesse sur le cadre, on est allés dans le bois et je lui ai dit : tu veux ou tu veux pas ? Elle m'a dit : non ! Alors je lui ai dit « tu rentres à pied », et je suis rentré à vélo !
Le plus jeune se dit que c'est un bon truc et qu'il va essayer. Il prend son petit vélo, il prend une gonzesse sur le cadre, il l'emmène au bois et il lui dit :
– Alors !... Tu veux ou tu veux pas ?
– Oui ! répond-elle.
Et il rentre à pied...

Aïe, ça pique !

C'est un professeur qui demande à ses élèves :
– Est-ce que vous savez comment se reproduisent les hérissons ?
Il y en a un qui se lève et qui dit :
– En faisant très très attention !

Parents sévères

C'est un môme qui frappe à la porte de l'école qu'il a quittée une heure plus tôt. On lui rouvre et le gardien lui demande :
– Qu'est-ce qu'il y a ?
– Je viens rechercher mon stylo... je l'ai oublié !
– Mais, ça pouvait attendre demain ?
– Ah non ! Hier, ma sœur est rentrée de l'école sans ses règles, j'aime autant vous dire qu'elle s'est fait engueuler comme jamais !

Pantouflard

C'est une vieille qui rentre chez son vieux, et elle lui a acheté des chaussons. Lui, il est en train de se déshabiller, il est tout

nu dans la salle de bain, il met les chaussons, il est devant la glace et il dit :
– Regarde comme ils sont beaux, mes chaussons ! Regarde ! Même ma queue regarde mes chaussons !
– La prochaine fois je t'achèterai une casquette !

Le trente-sixième dessous

C'est un mec qui rencontre un copain complètement déprimé et qui lui dit :
– Bon, allez ! T'es déprimé... tu sais ce qu'on va faire ? On va aller tous les deux au restaurant !
– Ah manger ! Manger... toujours manger...
– Bon, alors on va aller au cinéma, on va voir un film !
– Ah regarder ! Toujours regarder...
– Alors viens chez moi !
– Et qu'est-ce qu'il y a, chez toi ?
– Y'a ma femme !
– Ah ! Baiser ! Toujours baiser...

ARGENT

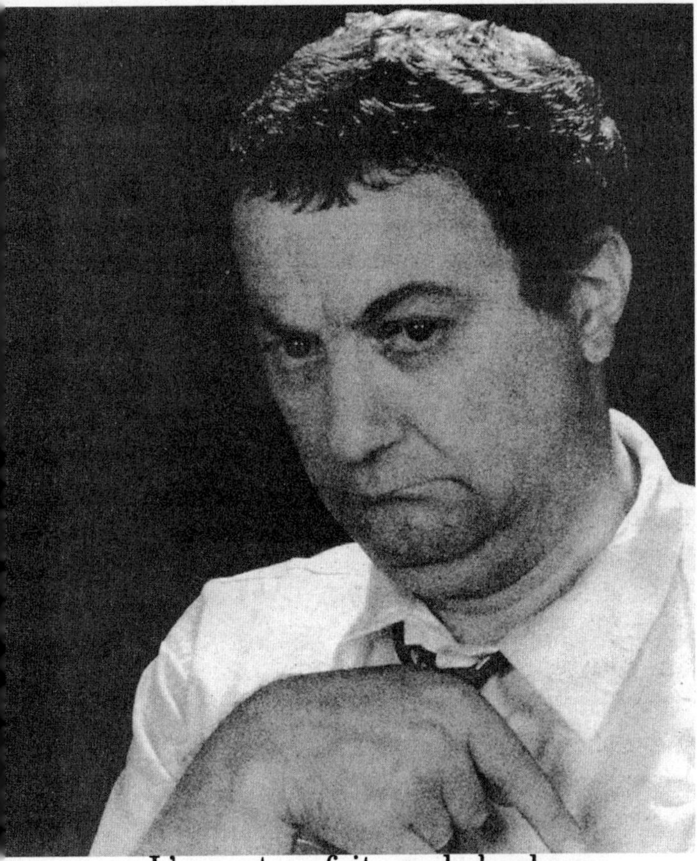

L'argent ne fait pas le bonheur
des pauvres.

J'utilise les moyens des riches pour faire comprendre les idées des pauvres.

Étant donné que nous vivons dans un monde corrompu par l'argent, ce qui est gratuit est bon à prendre.

Si j'ai bien lu Freud, les hommes auraient deux problèmes sur terre, le cul et le fric. Sachant que tout le monde a un cul, occupons-nous du fric !

Comment on reconnaît le plus riche des Éthiopiens ? C'est celui qui a la Rollex autour de la taille !

Qu'est-ce qu'il fait, l'Éthiopien, quand il trouve un petit pois ? Il ouvre un supermarché.

« Y'a des mecs qui meurent de la famine pendant qu'on est à table »... Arrêtez ! Les mecs qui meurent de la famine, on leur passe pas des images de mecs qui sont en train de bouffer, alors...

Y'a pas de raison que de la bouffe, y'en ait pour nous et qu'il n'y en ait pas pour tout le monde. Ça, c'est pas normal ! On est dans le pays de la bouffe, en plus. On est vraiment le pays de la gastronomie, c'est pas ici qu'y va mourir des gens de faim !

À cette époque où tout augmente, nous sommes heureux d'apprendre que les kilomètres, les mètres et les décimètres n'ont pas varié depuis le dernier septennat. Bravo !

Avant, les mecs qui mettaient de l'argent de côté, on disait : « c'est des avares ! » Maintenant, c'est des phénomènes.

La Rolls, c'est un réflexe de pauvre. Parce que pour un riche, avoir une Rolls, ça n'a pas d'intérêt.

Un mec dans une surprise-partie :
– Qu'est-ce que c'est que ce tas d'os qu'est

là, tout maigre, tout sec, la gonzesse avec les os qui dépassent de la peau ?
– Attention ! C'est une fille à Rothschild.
– J'aime bien les grandes minces !

Dans le XVIe, les épiciers ont tous le bail et les Arabes sont tous italiens !

Vol-vacances.
L'hôtesse : *Nous espérons que vous avez été heureux de ce vol.*
Coluche : *J'l'avais bien dit que c'était du vol !*

Le sida, c'est l'injustice sociale par excellence : on peut même plus s'enculer entre pauvres !

Le chef : un type qui a une mentalité d'employé mais qui ne veut pas le rester.

À vingt heures, à la télé, quand tous les pauvres sortent du travail, on ne peut pas dire toute la vérité. Sinon, la majorité n'irait pas travailler le lendemain.

Quand je vois un mec qui n'a pas de quoi bouffer aller voter, ça me fait penser à un crocodile qui se présente dans une maroquinerie !

Tout le monde gueule, on dit : « Ouais ! y'a déjà trois millions de personnes qui réclament du travail... » C'est pas vrai ! De l'argent leur suffirait !

Des fois, on a plus de contacts avec un chien pauvre qu'avec un homme riche.

Maintenant, j'arrive enfin à dépenser le pognon que je gagne. C'est pas le tout, de gagner un milliard par an, il faut encore savoir quoi en faire...

Peut-être que les chômeurs votent pour qu'on les prenne pour des travailleurs !

Quel est, selon vous, le comble de la misère ? C'est un mec qui, quelle que soit sa condition sociale, se croit plus malin qu'il n'est.

La misère, c'est comme un grand vent qui vous déferle sur la gueule et qu'arrête pas de souffler toujours dans la même direction. On est un peu comme le torero dans l'arène. Faut se mettre de côté pour éviter de vous faire renverser par la vie.

Je ne suis pas solidaire des pauvres. Ce serait de la démagogie. Je me sens originaire. Je ne suis et ne serai jamais que l'un d'eux.

Le chef du kibboutz

C'est le directeur d'un kibboutz qui est convoqué au ministère des Affaires Économiques. On lui dit :

– Vous êtes le chef du kibboutz ?

– Oui !

– Et qu'est-ce que vous faites ?

– Je fais l'élevage !

– Vous faites l'élevage de quoi ?

– Je fais l'élevage à poulets !

– Et qu'est-ce que vous donnez à manger à poulets ?

– Je donne à manger à poulets du grain !

– Vous donnez à manger à poulets le grain, alors qu'il y a des milliers d'hommes dans le monde qui crèvent la faim ! Vous donnez le grain à poulets, alors qu'on pourrait faire du pain avec le grain ?

– Oui, je donne le grain ! Les poulets mangent du grain, je donne du grain à poulets !

– Monsieur ! Vous avez 500.000 d'amende à payer tout de suite !

Le directeur du kibboutz paie les 500.000 en essayant de discuter, mais rien à faire, il doit payer. Il repart et, trois mois plus tard, il est convoqué à nouveau au minis-

tère des Affaires Économiques d'Israël. Le même mec l'interroge dans le même bureau.
– Qu'est-ce que vous faites, dans le kibboutz ?
– Je fais l'élevage à poulets !
– Et qu'est-ce que vous donnez à manger à poulets ?
– Je leur donne des vieux croûtons de pain rassis !
– Quoi ? Vous donnez des vieux croûtons de pain rassis alors qu'il y a des milliers de gens qui meurent de faim ! Vous donnez des croûtons de pain rassis alors qu'on pourrait faire du pain perdu avec ? Vous avez 500.000 d'amende à payer tout de suite !
L'autre paye et s'en va. Trois mois après, il est à nouveau convoqué et on lui demande :
– Qu'est-ce que vous faites ?
– Je fais l'élevage à poulets !
– Qu'est-ce que vous leur donnez à manger ?
– Eh bien, voilà ! Je suis venu il y a six mois, je donnais le grain à poulets, j'ai eu

500.000 d'amende ! Je suis revenu il y a trois mois, je donnais les vieux croûtons, j'ai eu 500.000 d'amende ! Alors, maintenant, ce que je fais, je donne l'argent aux poulets et ils achètent ce qu'ils veulent !

Qui perd gagne

C'était un pauvre chef d'entreprise, un de ceux qui ont gravi les échelons un par un. Pas un de ces fils de famille qui ont hérité des fortunes de leur papa, non ! Un jeune chef d'entreprise qui a commencé ouvrier dans une entreprise lui aussi ! Cet homme-là fabriquait des pièces détachées pour l'automobile. Petit à petit, il était arrivé à avoir une entreprise de mille ouvriers qui fabriquaient à eux tous mille pièces détachées par mois.

Un jour, pour des raisons de commerce international, ce chef d'entreprise ne réussit plus qu'à vendre cinq cents pièces détachées par mois alors qu'il en fabriquait mille. Il avait donc cinq cents ouvriers de trop. Alors il se dit : « Mais comment je peux faire ? Mais comment je peux faire pour m'en sortir ? »

Et il eut l'idée de faire la grève ou plutôt de la faire faire. Voilà comment il procéda...

Tout d'abord, il annonça à ses ouvriers le licenciement de plusieurs ouvriers pour des causes arbitraires. Tous les ouvriers de la petite usine se regroupèrent en syndicats et décidèrent la grève générale.

Or, comme chacun sait, pendant la grève, on ne paye pas les ouvriers. Mais pendant que la grève se poursuivait de semaine en semaine, le petit chef d'entreprise continuait, lui, à vendre normalement les pièces détachées qu'il avait d'avance.

Et un jour, il alla parler à ses ouvriers et leur dit :

– Eh bien vous avez gagné ! Vos revendications vont aboutir ! Je les réengage dans l'entreprise. Ils font désormais à nouveau partie du personnel !

Les cris de joie fusèrent de partout dans la foule : « Ah ! Ouh ! On a gagné ! On a gagné ! »

Et chacun reprit son travail, jusqu'à la prochaine fois...

Psy-express

C'est une bonne femme qui arrive chez un psychiatre. On le lui a recommandé parce que c'est vraiment un psychiatre extraordinaire. On vient du monde entier pour le voir, tellement il est formidable. Elle arrive donc à son cabinet et lui dit :

– Bonjour, docteur ! Je viens vous voir parce que j'ai des problèmes de psychanalyse très importants et je crois être sujette à quelques phobies dont vous pourriez me débarrasser...

– Oui, très bien, mais je vous préviens, moi, je suis très pris parce qu'après ça, il y a dix-huit mecs qui viennent du Japon, trois de Syrie, donc vous comprenez... moi, je n'ai pas le temps ! D'abord, c'est cinquante mille, c'est trois minutes et vous n'avez droit qu'à deux questions !

– Cinquante mille ?

– Oui. Vous avez droit à une autre question !

Le fils de Mesrine

C'est le fils de Mesrine qui a volé de l'argent dans le porte-monnaie de sa mère. Alors, sa mère lui dit :

– C'est pas bien !

– Je sais, mais je voulais m'acheter des bonbons !

– Non, c'est pas bien parce qu'il ne faut pas voler sa maman, ni son papa. On peut voler tous les autres, mais son papa et sa maman, il ne faut pas !

– Bon alors, je ne volerai plus ni mon papa, ni ma maman !

– Bravo ! Et si tu es bien sage, papa te volera un vélo !

Le dernier gâteau

C'est un très très vieux monsieur qui est en train de mourir dans une très pauvre maison... Vraiment, c'est une famille très très pauvre. Le vieux monsieur va mourir, c'est affreux ! Toute la famille va arriver de tous les coins ! La pauvre femme de ce vieux monsieur est en train de faire la cuisine en se disant : « C'est aujourd'hui qu'il va mourir... » Le vieux monsieur est sur son lit de mort, il a du mal à respirer le pauvre air qui est rare tellement ils sont pauvres ! Et il sent la cuisine. Elle est en train de faire un gâteau, il le sent et appelle son petit-fils qui a huit ans : « Robert ! Robert !

– Oui, Pépé !

– Va dire à mamie que je voudrais manger un bout de gâteau... avant de mourir... »

Le gosse court voir sa grand-mère et lui dit : « Mamie ! Mamie ! Y'a papy qui voudrait manger un bout de gâteau ! »

Et elle lui répond : « Non ! C'est pour après l'enterrement ! »

Dette d'honneur

C'est l'histoire d'un mec qui doit cinquante mille balles à un pote. Il va chez lui mais le mec n'est pas là. Il voit sa femme et lui dit :

– Dites donc, vous êtes jolie, vous, quand même ? Vous me plaisez, j'aime bien votre genre ! Je pourrais vous donner un petit peu d'argent, si vous voulez, parce que si vous aviez une petite faiblesse... ça me

ferait plaisir... Je pourrais vous donner jusqu'à cinquante mille !
– Ah non ! Je suis mariée, vous comprenez, et si mon mari arrivait... Enfin bon. Mais vite alors... Vite !
Finalement, donc, elle accepte. Il lui donne les cinquante mille balles et s'en va.
En descendant, il croise son pote dans l'escalier et lui dit : « Tu sais, je ne te dois plus rien : j'ai rendu l'argent à ta femme ! »

La chance

C'est deux clodos qui sont sous un pont et il y en a un qui fait à l'autre :
– Tu te rends compte les misères qu'on est, maintenant ?
– Bah oui ! Mais on s'en fout... On fout rien, c'est déjà pas mal !
– Ah oui ! Mais moi, tu ne sais pas... Moi, j'ai été riche ! J'ai eu de l'argent, moi ! J'ai fait des safaris ! En 1911, à un moment, il y a un lion qui a chargé, je l'ai ajusté, je l'ai raté. Heureusement, il y avait mon guide à côté de moi qui l'a tué... sans ça j'étais mort ! Il m'est arrivé six cents kilos de viande sur les pompes ! Et ce n'est pas

tout... Mon pauvre vieux, une fois, j'étais dans la jungle en face d'un éléphant : je le rate. Il me charge dessus. Il me piétine. J'ai été couturé de partout.
– Eh bien dis donc ! T'as encore de la chance d'être vivant !
– T'appelle ça de la chance ?

Un bon vendeur

Ça se passe dans un grand magasin et, tout d'un coup, il y a un mec qui appelle le directeur et lui dit :
– Dites-moi, monsieur le directeur ! Je suis venu vous voir parce que, au rayon bateau, il y a un type qui est là, mais qui n'est pas du rayon ! Il est en train de vendre un bateau à un client, il n'est pas du rayon et je ne sais pas qui il est !
Le directeur observe de loin le type en question et voit le mec qui vend un bateau à un client. Il dit à l'autre :
– Ne le dérangez pas, il vend un bateau, attendez !
Il se renseigne et apprend que le mec a été engagé le jour même dans le magasin. Le client s'en va avec la barque, plus toute la

tenue pour aller à la pêche : les bottes en caoutchouc, la canne à pêche, l'épuisette, le chapeau, etc. Alors le directeur s'approche du vendeur en disant :
– Dites donc ! Comme ça, vous êtes nouveau ?
– Oui !
– Mais qu'est-ce que vous faites au rayon pêche et ensuite, au rayon bateau ? C'est pas votre rayon ! De quel rayon êtes-vous ?
– Ah ! Moi, normalement, je suis du rayon « Tampax » ! Ce client est venu chercher des Tampax pour sa femme et là, je lui ai dit : « Puisque votre week-end est foutu, allez donc à la pêche ! »

Cul... ture générale

– Tu peux me citer deux monnaies étrangères ?
– Le dirham et la lire.
– Est-ce que tu peux me citer deux modes de contraception ?
– La pilule et le stérilet.
– Est-ce que tu peux me citer deux fleuves de Rhodésie ?
– Euh ! Je ne sais pas...

– Tu ne sais pas ? Décidément, il n'y a que l'argent et le cul qui t'intéressent !

Cent francs pour faire l'amour

C'est un mec qui lit dans un journal qu'au Brésil, les femmes donnent cent francs à leur mari pour faire l'amour ; il dit à sa femme :
– Dis donc, chérie ! Toi tu vas rester là, et moi, je vais aller en vacances au Brésil ! Il paraît que là-bas, les femmes donnent cent francs à leur mari pour faire l'amour !
– Ben dis donc ! Je voudrais bien voir comment tu vas vivre avec deux cents francs par mois, toi !

Mon mari a avalé des pièces

C'est madame Moshé qui téléphone au médecin :
– Venez vite ! Venez vite ! Mon mari a avalé plein de pièces de monnaie !
– Des pièces de combien ?
– Des pièces de 3 Shillings de 1912 !
– Alors économisez l'opération, ces pièces n'ont plus cours !

Objets trouvés

C'est un mec qui est en prison et il dit à un autre qui vient d'arriver :
– Qu'est-ce que tu as fait, toi, pour être en prison ?
– Moi, j'ai trouvé un portefeuille !
– Ah les salauds ! Ils t'ont mis en taule pour ça ?
– Eh oui ! Le mec l'avait pas perdu !

Charité-business

Un mec a perdu son chemin en Écosse. Il arrête quelqu'un et demande :
– Pardon monsieur ! Vous êtes du pays ?
– Oui !
– Figurez-vous que je suis perdu !
– Ah ! Vous êtes perdu ?
– Oui !
– On a offert une récompense, pour celui qui vous retrouvera ?
– Non... non, j'ai seulement perdu mon chemin...
– Bon, ben alors ! S'il n'y a pas de récompense, vous êtes toujours perdu !

« Juste pour faire l'amour »

C'est un Juif qui voit une fille dans la rue et qui lui dit :
– Mamoiselle ! S'il vous plaît, est-ce que ça serait possible... je vous emmènerais chez moi juste pour vous faire l'amour !
– Mais c'est incroyable ! Vous me prenez pour une pute ?
– Mais j'avais pas parlé d'argent !

C'est quoi, l'honnêteté ?

C'est un enfant juif qui rentre chez lui et qui dit à son père :
– Voilà ! Je n'ai rien compris à l'école ! La maîtresse, elle a parlé de l'honnêteté... Qu'est-ce que c'est, papa, l'honnêteté ?
– Je vais t'expliquer : c'est très simple ! Mettons que toi, tu es à la caisse... Une vieille dame très âgée arrive, elle te paye le pantalon qu'elle a acheté avec un billet de dix mille. Et toi, en le prenant, tu vois qu'il y en a deux ! Ils sont collés... Alors, mon fils ! Qu'est-ce que c'est l'honnêteté ?
– L'honnêteté, c'est si je rends le billet en trop à la vieille dame !
– Non ! C'est pas ça, l'honnêteté ! L'honnê-

teté, c'est quand tu te demandes si tu vas le dire à ton associé !

À chacun son métier

C'est un Juif qui est marchand de frites et un garçon lui téléphone :
– Voilà ! Je suis très content que tes affaires marchent bien en ce moment, et ça me dépannerait si tu pouvais me prêter dix mille francs !
– Non, je ne peux pas te prêter de l'argent parce que j'ai un accord avec Rothschild. Moi je ne prête pas d'argent, et lui ne fait pas de frites !

Le Juif mourant

C'est un vieux Juif qui va mourir et qui dit à sa femme :
– On va donner le magasin à David !
– Pourquoi pas à Moshé ? Moshé est intelligent, et pour le magasin, c'est bien !
– Bon d'accord ! Mais la voiture, tu la donnes à Samuel !
– Mais pourquoi tu veux la donner à Samuel et pas à Isaac ? Isaac, il sait conduire et Samuel ne sait pas !

– Bon d'accord... Mais alors la villa, tu vas la donner à Sarah !
– Mais pourquoi tu la donnes à Sarah alors qu'elle en a déjà une ? Tu devrais la donner à Élie !
– S'il te plaît ma femme ! C'est toi qui meurs ou c'est moi ?

Calcul

L'instituteur demande au petit Michel :
– Tu as quinze francs dans une poche et vingt francs dans l'autre. Dis-moi, en somme, qu'est-ce que tu as ?
– Je me suis gouré de pantalon !

Pension alimentaire

Lors d'un jugement de divorce, une femme dit :
– Mon mari m'a laissé tomber depuis dix ans et il ne m'a jamais donné un centime ! C'est vraiment un salaud ! Un salaud !
Et le juge lui dit :
– Oui, d'accord, c'est un salaud ! Mais enfin... vous avez quand même huit gosses qui ont moins de dix ans !

– Oui, mais ça, c'est parce qu'il passait souvent pour s'excuser !

La mauvaise réputation

C'est un mec qui demande à l'hôtesse dans un avion :
– Dites-moi, on ne serait pas en train de survoler Naples ?
– Si, justement !
– Ça ne m'étonne pas, on m'a volé ma montre !

Calcul juif

À la fin de la consultation, un Juif donne trois cents francs à son médecin. Le docteur lui dit :
– Je vous rappelle que la consultation, c'est huit cents francs.
– Ah ! Je croyais que c'était cinq cents...

Argent de poche

C'est un gosse qui dit à son père :
– Papa, s'il te plaît ! Si cela t'ennuie pas, je voudrais que tu me donnes cinq francs.
– Qu'est-ce que tu as besoin ? Qu'est-ce

que tu me demandes quatre francs ? Et pourquoi tu as besoin de trois francs ? Et, qu'est-ce que tu veux faire avec deux francs, d'abord ? Tiens ! Voilà un franc ! Partage avec ta sœur !

Circulez !

Savez-vous comment on peut disperser un attroupement en Suisse ?
En faisant une quête !

Déjeuner chez Goldenberg

La scène se passe chez Goldenberg. Les gens sont à table et, tout d'un coup, il y en a un qui se lève pour montrer quelque chose au plafond. Il lève le doigt et on entend : « L'addition de tout le monde c'est pour moi ! »
Et le lendemain, on lit dans le journal : « Un Juif tue un ventriloque... »

Il faut que ça rapporte !

C'est un Juif qui a trouvé une pommade contre les cors aux pieds. Il s'est empressé d'acheter des chaussures trop petites !

Radinerie

J'ai un copain tellement radin que, pour ne pas se déplacer, il regarde la messe à la télé. Et pendant la quête, il va pisser !

Midi à sa porte

Au Louvre, un Anglais, un Français et un Russe sont devant un tableau, celui où Ève tend la pomme à Adam. L'Anglais dit :
– Ça doit forcément être des Anglais, parce qu'elle n'a qu'une pomme et elle la lui offre ! C'est généreux comme une Anglaise !
Et le Français lui répond :
– Non, ça doit être des Français, parce qu'ils se mettent tout nus pour manger... ça doit être des Français !
Et le Russe leur dit :
– Non ! Ça doit être des Russes : ils sont nus, ils n'ont rien à manger, et ils se croient au paradis !

C'est un Écossais qui voyage...

Un contrôleur arrive dans un wagon pour contrôler les billets et il tombe sur un Écossais en kilt.
– Vous avez un billet ?
– Non, je n'ai pas de billet. Il n'y a pas besoin d'avoir de billet pour voyager !
– Désolé monsieur, mais il va falloir payer votre place !
Ils s'énervent tellement que le contrôleur prend la valise de l'Écossais et la jette par la fenêtre. Alors l'autre se met à hurler :
– Mon fils !

Pot de yaourt

C'est un mec qui arrive avec une petite voiture à la pompe à essence et qui dit :
– Je voudrais un verre d'essence et un dé à coudre d'huile !
– Vous voulez pas que je vous pète dans les pneus, en plus ?

On peut toujours rêver

C'est un mec qui rencontre son pote et qui lui dit :

– Ah ! Tu sais, toutes les nuits je rêve que je gagne trois millions par mois comme ma femme !
– Pourquoi... ta femme gagne trois millions par mois ?
– Non, elle rêve aussi !

BÊTISES

Il y a quelque part une poésie
dans la bêtise.

On peut toujours trouver plus con que soi. Regardez-moi !

Dans certaines histoires, il n'y a pas de gros mots, mais c'est quand même dégueulasse. On appelle ça un détournement de dégueulasserie !

On ne m'enlèvera pas de l'idée que la connerie est une forme d'intelligence.

On est monté à deux cents

C'est un bonhomme qui montre sa nouvelle voiture à un copain et qui lui dit :
– Elle est formidable, ma voiture ! L'autre fois, on est monté à deux cents !
Et l'autre lui répond :
– Dis donc ! Vous deviez être serrés, quand même !

Logique belge

C'est un Belge qui voit un autre Belge dans la rue, il le voit chercher par terre et lui dit :
– Mais qu'est-ce que vous faites ?
– Ben... Je cherche ma clé de voiture !
– Mais vous êtes sûr que vous l'avez perdue là ?
– Non, mais je cherche ici parce qu'il y a de la lumière !

De l'huile de ricin pour la toux

C'est le pharmacien qui dit à son copain :
– J'ai des courses à faire, tu me tiens le magasin et puis surtout, tu fais très attention à ne pas vendre n'importe quoi ! Mets

la blouse blanche, personne ne s'apercevra de rien !
Alors l'autre enfile la blouse, et arrive un client. Le pharmacien, en revenant, voit à travers la vitrine que son copain est en train de vendre quelque chose. Il court mais, trop tard, le client est reparti. Alors le pharmacien demande à son copain :
– Qu'est-ce qu'il voulait ?
– C'est un type qui est venu pour la toux... Mais ça, tu peux y aller ! T'as pas de souci à te faire, je lui ai donné de l'huile de ricin !
– Pour la toux ? Mais c'est un laxatif !
– Eh bien oui, justement ! Maintenant, le mec, il a pas intérêt à tousser !

Le club échangiste

C'est un mec qui va dans un club d'échangistes avec sa femme. Là, il rencontre un de ses amis qui est également venu avec sa femme. Il lui dit :
– Nous allons faire les échangistes pour voir, une fois, si c'est une expérience amusante, n'est-ce pas ?
Ils le font et, plus tard, les deux hommes

se retrouvent au bar. Ils discutent ensemble.

– Ça c'est bien passé pour toi ?

– Oui !

– Ah oui ! Moi aussi...

– Eh bien attendons pour voir si ça s'est passé de même pour nos femmes !

Pardon la Suisse !

C'est un Français qui est dans une clinique. Il a quelque chose au cerveau et on lui retire des morceaux petit à petit... Mais comme on ne sait pas vraiment ce qu'il a et que l'on ne connaît pas bien ce qui concerne le cerveau, à chaque fois qu'on lui en retire un peu, on lui demande :

– Alors, dites-moi combien font 45 et 45 ?

Et à chaque fois, il répond : « 90 ! »

Bon ! Alors ils l'opèrent à nouveau, lui enlèvent encore un peu de cerveau et lui demandent : « 45 et 45 ? »

– 90 !

On lui en retire encore et, tout à coup, il ne reste presque plus rien. Affolés, ils lui demandent encore une fois : « 45 et 45 ? »

– Nonante !

La clé à l'intérieur

C'est un Belge qui demande :
– S'il vous plaît, est-ce que vous pourriez venir réparer mon automobile, parce que j'ai laissé la clé à l'intérieur et j'ai fermé la porte !
Le garagiste lui répond :
– Je ne saurais pas venir avant la fin de la soirée !
– Ah ça c'est embêtant, parce qu'il commence à pleuvoir et la capote est ouverte !

Presbytie

C'est une femme qui rentre à la maison et qui dit à son mari :
– Tu te rends compte, chéri ? Je reviens de chez l'oculiste avec maman, il paraît qu'elle est presbyte !
– Ah ! C'est pas de chance, déjà qu'elle était casse-couilles !

Taxi !

C'est un gars qui prend un taxi, la voiture est une Mercedes et il dit :

– Chauffeur, qu'est-ce que c'est, le petit rond qu'il y a au bout du capot, on dirait un viseur ?
– Justement, c'est un viseur ! C'est une voiture allemande qui servait pendant la guerre ; c'est pour écraser les piétons. On vise dans le viseur, et...
Alors il fait comme s'il allait écraser des piétons, puis, au dernier moment, il les évite. Il continue :
– Regardez celui-là ! Regardez celui-là !
Il fonce dessus puis il l'évite. Il fonce sur une petite vieille qui trottine, et il l'évite. À ce moment-là, il entend un énorme choc derrière la bagnole et le gars s'écrie :
– Ben dites-donc, heureusement que j'ai eu le réflexe d'ouvrir la porte : parce que sans ça, on le ratait encore, celui-là !

Qu'importe le flacon

Il y a deux amis qui sont dans l'hôtel et il y en a un qui se dit « tiens ! Je vais lui faire une blague pendant qu'il est dans la salle de bains en train de se doucher. Je vais prendre son vase de nuit et puis je vais y verser une bière. Comme ça il croira que

la chambre de l'hôtel n'était pas propre et que le vase avait déjà servi... »
Il y va. Il verse une bière dans le vase de nuit puis il retourne dans sa chambre. L'autre arrive peu après et dit :
– Viens voir, viens voir ! C'est très étonnant, un hôtel de cette classe-là ! Regarde ça ! Regarde dans le vase de nuit, là, il y a quelqu'un qui avait déjà pissé !
– Mais non, tu es fou, c'est de la bière ! C'est moi qui t'ai fait une farce ! C'est de la bière !
Et là-dessus, il prend le vase de nuit, il boit et l'autre lui fait :
– Zut alors ! Si j'avais su que c'était de la bière, je n'aurais pas pissé dedans...

La charrette et le cheval

C'est un brave paysan qui tire une charrette. Enfin il tire le cheval, et puis le cheval tire la charrette. C'est un vieux chemin et il y a beaucoup de boue par terre. Alors le paysan s'exclame : « Flûte ! Qu'est-ce que c'est embourbé encore... » Et le cheval dit : « Ah oui alors ! Qu'est-ce que c'est dur à tirer ! »

– Ah ça ! C'est la première fois que je vois parler un cheval ! dit le paysan.
Alors la charrette répond : « C'est la deuxième fois, il a demandé de l'eau tout à l'heure ! »

Zèle de bidasse

C'est une histoire belge qui se passe durant le service militaire. L'adjudant arrive dans la chambrée en disant :
– Dans une minute, je veux que tous les placards soient rangés, que tous les lits soient faits, que toutes les chaussures soient astiquées, que le parterre soit lavé, que les carreaux soient nettoyés, que la table soit débarrassée et que tout le monde soit au garde à vous !
Il y en a un qui sort du rang et qui dit :
– Si on peut être prêt avant, c'est bien ?

Le psychiatre suisse

Histoire suisse : une cliente arrive légèrement en retard chez son psychiatre et lui dit :
– J'm'excuse !

– Bah ! C'est pas grave, j'avais commencé sans vous !

La nouvelle choucroute est arrivée

C'est un homme d'affaires qui part pour un colloque. Sa femme est enceinte et il lui dit :
– Écoute ! Si jamais tu as le petit qui arrive, pour que je ne paye pas à boire à tout le monde, tu me laisseras un message codé...
– Par exemple ?
– Par exemple, tu me diras que la choucroute est arrivée !
Et juste comme il arrive à son colloque, il reçoit un télégramme ainsi rédigé : « arrivé trois choucroutes dont deux avec Francfort ! »

Je vais vous raconter une histoire belge

C'est l'histoire d'un mec qui dit à un autre mec :
– Je vais vous raconter une histoire belge !
– Mais vous savez, je suis Belge !
– Ça fait rien, je la raconterai deux fois !

Court-circuit

Qu'est-ce qui est noir, qui fume et qui pend au plafond ? C'est un électricien qui a eu un accident de travail !

Voyage à contresens

Un mec un peu demeuré arrive d'un voyage en train et dit à sa femme :
– C'est une horreur ! J'ai fait un voyage absolument éreintant : j'étais à l'envers, et je suis resté assis à contresens tout le long du parcours...
– Pourquoi t'as pas demandé au type qui était en face de changer de place avec toi ?
– Mais il n'y avait personne en face !

Accident de parcours

C'est deux mecs qui sont à l'hôpital avec des bandelettes partout et il y en a un qui dit à l'autre :
– Qu'est-ce que tu as ?
– Moi, j'ai pris le train !
– Non ! Je te demande ce que tu as ?
– J'ai pris le train !
– Comment ça ?

– J'ai pris le train !
– Oui, mais moi aussi, j'ai pris le train !
– Oui, mais moi, c'est dans la gueule !

Salut les copains

C'est un mec qui fait une émission de télévision très connue et il a l'habitude d'emmener les starlettes dans sa loge. Et là, il en trouve une qui est vraiment très myope ! Il arrive dans sa loge, défait son pantalon et lui dit :
– Alors ! Qu'est-ce que vous dites de ça ?
Elle lui attrape le zizi et elle fait :
– Eh bien j'en profite pour dire bonjour à Éric, à Sylvie, à René et à toute la bande !

Le boiteux et le bègue

C'est un mec qu'est boiteux, il a une jambe plus courte que l'autre et il a un copain qui est bègue. Ils sont dans la rue et le bègue lui dit :
– Tu sais pui... puisque t... tu as une... une... jambe plus... plus courte que... que l'autre, le... le... mieux, c'est que... que tu... tu mettes un pied dans... dans le... le caniveau et l'autre sur... sur le trottoir !

– Oui, c'est pas con ! Moi, j'ai un truc pour que tu ne sois plus bègue : ferme ta gueule !

Le voleur belge

C'est un Belge qui a cassé la vitrine d'une bijouterie en lançant une brique. Il a volé vingt millions de francs belges en bijoux mais il s'est fait prendre par la police quand il est revenu chercher la brique !

Calcul digital

C'est un môme qui rentre de l'école et qui dit à sa mère :
– Je suis bien content, parce qu'aujourd'hui, j'ai appris à compter.
– Ah bon ?
– Oui, je suis très content ! Nous avons appris à compter sur les doigts. Je vais te montrer : voici un doigt, voici un doigt et voici un doigt !

Publicité mensongère ?

C'est un vieux bûcheron qui vient d'acheter une tronçonneuse dernier cri.

La publicité disait : « Avec cette tronçonneuse, vous pouvez abattre cinquante arbres par jour. » Et le bûcheron se dit : « C'est extraordinaire, mais je n'arrive pas à dépasser quinze ! »
Alors il retourne voir le marchand et lui dit :
– Enfin, monsieur ! C'est extraordinaire, parce que la publicité dit que je peux abattre au moins cinquante arbres par jour, et moi je n'ai jamais réussi à dépasser quinze !
– Bon ! Je vais aller chez vous, on va voir !
Le marchand arrive, prend la tronçonneuse, la met en marche et à ce moment-là le vieux bûcheron fait :
– Mais... qu'est-ce que c'est que ce bruit ?

Tu t'es fait mal ?

C'est deux Suisses qui font de la varappe et il y en a un qui tombe dans une crevasse. L'autre lui dit :
– Tu t'es fait mal ?
– Je sais pas, j'ai pas fini de tomber !

Allez les Verts !

C'est une maîtresse qui dit à l'un de ses élèves :
– Bon ! Tu peux rentrer chez toi, maintenant !
– Non, je ne veux pas rentrer chez moi parce que mon papa me bat !
– T'as qu'à rentrer chez ta maman !
– Non, je veux pas parce que ma maman me bat !
– Alors, où est-ce que tu veux aller habiter ?
– Je veux aller habiter à Saint-Étienne parce qu'il y a longtemps qu'ils ont battu personne !

C'est pas beau de faire des grimaces !

C'est un bouledogue qui est dans un square avec son maître et un gosse lui fait des grimaces. Alors le maître dit au gosse :
– C'est pas beau, de faire des grimaces !
Et le môme répond en montrant le bouledogue :
– C'est lui qu'a commencé !

Auteur à la hauteur

C'est une gonzesse qui descend très vite d'un train parce que le train ne s'arrête que deux minutes. Elle court jusqu'au kiosque et dit :
– Eh bien voilà ! Je voudrais un livre parce que je prends le train, voyez-vous, et j'aimerais bien lire dans le train.
– Oui, bien sûr mademoiselle ! Mais, un livre... ça veut rien dire ! De quel auteur ?
– Pas trop grand, faut qu'il rentre dans le train !

Un médicament efficace

C'est un mec qui arrive chez le pharmacien et qui dit :
– Je voudrais un truc pour faire pousser les cheveux !
– Tenez, prenez ça, y'a rien de mieux...
– Mais... vous êtes sûr ?
– Vous voyez le monsieur qui est à la caisse, avec une moustache ?
– Oui !
– Eh bien c'est ma femme ! Ça lui est arrivé en débouchant un flacon de ce produit avec les dents !

C'est formidable, l'Italie !

C'est un type qui dit à un copain :
– Il paraît que l'Italie, c'est formidable... Il paraît que l'Italie, c'est extraordinaire ! Il paraît que tout est gratuit, en Italie ! En plus, à peine vous êtes arrivé à l'aéroport, il y a un garçon qui vous porte les valises. Il vous emmène dans la voiture gratuitement, il vous emmène chez lui... Il vous donne à manger, et même... vous pouvez dormir là !
– En effet, c'est formidable, l'Italie !... Tu en reviens ?
– Non, c'est ma femme !

Le barbecue

Un touriste s'arrête au bord de l'autoroute en remontant de vacances. Il voit un barbecue.
« Tiens, c'est formidable, il y a des gens qui ont déposé un vieux barbecue. »
Il le monte dans le coffre et s'en va. Arrivé à la frontière, on lui dit :
– Vous n'avez rien à déclarer ?
– Non, on était en vacances. Le bronzage, on l'a sur nous, donc on n'a rien à déclarer.

– Vous pouvez ouvrir le coffre ?
Le touriste l'ouvre et le douanier lui dit :
– Et ça, qu'est-ce que c'est ?
– C'est un barbecue qu'on a trouvé sur le bord de la route.
Le douanier téléphone et dit :
– Ça y est, je les tiens, ceux qui ont piqué le radar !

Récidiviste

Un Belge arrive chez le médecin et lui dit :
– Je suis très embêté, docteur, je me suis brûlé l'oreille... figurez-vous que j'étais en train de repasser quand le téléphone a sonné et j'ai porté le fer à repasser à mon oreille !
– À votre oreille ? Mais vous avez les deux oreilles brûlées...
– Oui... La deuxième, c'est quand j'ai voulu appeler l'ambulance...

Exaspération

Un huissier sonne à la porte d'un mec. Il sonne mais ça ne répond pas. Alors il parle dans l'interphone :

– Ouvrez ! Je sais que vous êtes là : j'ai vu votre voiture dans le garage !
Et le type entrouvre sa fenêtre et dit :
– Pauvre con !... Je suis sorti à pied !

Dédicaces

Un type nous a écrit : « Vous qui envoyez tout le temps des photos dédicacées, est-ce que vous pouvez nous trouver cinq autographes de Raymond Barre ? »
On lui a demandé pourquoi, et il nous a répondu : « Parce qu'avec cinq de Raymond Barre, je peux en avoir une de Claude François ! »

Pique-assiette

Il y a un accident de la route... Dracula, qui passait par là, descend de sa caisse avec un sucre et demande : « J'peux faire un canard ? »

Rouleau compresseur

C'est un type qui a été écrasé par un rouleau compresseur. Sa famille arrive à

l'hosto, demande à le voir, et on lui répond :
– Vous le trouverez dans le couloir, étalé entre la chambre 9 et la chambre 14.

Réclamation

C'est un mec qui dit à un autre :
– Tiens ! J'vous vois plus beaucoup, à l'hôtel ?
– Ah non ! J'viens plus là ! Figurez-vous... avant je venais, et puis j'ai été mécontent...
– Ah bon ! Qu'est-ce qui vous est arrivé ?
– Une fois, figurez-vous... je suis allé aux waters et y'avait pas de papier !
Et le patron lui dit :
– Mais enfin !... Vous avez une langue !
– Oui, mais... j'suis pas acrobate !

Le chauffard

C'est un type qui a écrasé une poule au fin fond de la campagne. Il s'arrête et ramasse la poule toute plate. Il arrive dans une ferme, aperçoit un môme et lui dit : « Je suis désolé, je crois bien que j'ai écrasé une de vos poules ! » Le môme lui répond :

« Ce n'est pas à nous, les nôtres ne sont pas maigres à ce point-là ! »

Carne

C'est un mec qui se débat avec un bifteck dans un resto, il appelle le garçon et lui dit :

– Dites donc ! Regardez-moi ça ! Ça fait une heure que j'suis là-dessus, et j'arrive pas à le couper ! Vous pouvez pas me le changer ?

– Ah non ! Vous l'avez ébréché !

Venez voir, docteur !

C'est une gonzesse qui va chez le gynécologue. Elle attend son tour... Arrive un mec avec une blouse blanche et elle lui dit :

– Dites-moi, docteur, venez voir... Il faudrait que je vous montre...

Elle prend le bas de sa jupe, là où il y a l'ourlet, et hop ! elle le met par-dessus sa tête et dit :

– Voyez ! C'est bizarre... ça me fait ça !

Le mec se penche et il regarde :

– Ah ben, en effet ! Il faudrait que j'appelle un collègue...

Au fond du couloir passe un collègue avec une blouse blanche, le gars s'approche et il lui dit :
– Dis donc, viens voir... Parce que la dame, elle a un truc !
La bonne femme soulève sa jupe, le mec regarde, elle lui explique, et sur ce arrive un autre mec, puis un autre, et il y en a un qui dit :
– Le mieux, ce serait que vous attendiez le médecin... parce que nous, on est peintres !

Histoire de fou

Dans un asile, un fou passe un examen médical. Il a un miroir sur la tête. Le médecin s'approche de lui et lui dit :
– Mais qu'est-ce que vous avez sur la tête ?
– Je me suis installé un chapeau solaire !
– Mon pauvre vieux, vous n'êtes pas encore guéri... Un chapeau solaire ? Mais c'est idiot !
– Non ! Pas tant que ça... Regardez mon p'tit robinet : ça coule chaud !

Chaussettes belges

C'est un Belge qui a inventé les chaussettes à quartz. Il dit que c'est pratique parce qu'on n'a pas besoin de les remonter.

Propreté suisse

Vous savez pourquoi les Suissesses n'allaitent pas elles-mêmes les bébés au sein ? C'est parce qu'on ne peut pas faire bouillir les tétines !

On s'en paye une tranche ?

Un Belge a inventé et essayé le siège éjectable pour hélicoptère : son fils vend maintenant du saucisson.

Les dieux du stade

C'est un Belge qui a battu le record du 100 mètres : il vient de courir 102 mètres !

La longue échelle

C'est un gars qui dit :
– Dites-donc, je suis embêté : il me faudrait calculer la hauteur de cette échelle...
– Vous savez quoi ? On va la poser par

terre et on va la mesurer au sol, propose l'autre.
Il mesure l'échelle et dit :
– Elle fait 4 m 50 de longueur.
– Mais ça me dit rien, à moi, répond le premier : il me fallait la hauteur...

Calembour

Vous savez avec quoi on joue à pile ou face ? Avec une pince et une gomme !
Parce que la pince épile et la gomme efface !

La finale

C'est pendant un match de foot à la télé. Il y a un gosse qu'arrive et il dit à son père :
– Viens vite ! Viens vite !... maman est morte !
– Commence à pleurer sans moi, j'arrive !

Zoologie enfantine

C'est un enfant qui revient du zoo et on lui demande :

– Alors, t'as vu les éléphants? T'as eu peur des éléphants?
– Non, c'est des animaux très gentils qui n'ont pas de tête : tu leur donnes un morceau de pain, ils l'attrapent avec la queue, et ils se le fourrent dans le cul!

Bordel-sur-l'Escaut

C'est un Belge qui est allé au bordel... Mais il a passé la nuit dehors parce que la lampe était rouge, et il a attendu en vain que ça passe au vert...

Footballeur débutant

Ça se passe sur un terrain de football. L'entraîneur dit à un de ses jeunes joueurs : «Toi, tu vas jouer avant!» Et l'autre lui répond : «Ah non, je veux jouer avec tous les autres.»

Grand pour son âge...

C'est une dame dans une fête de charité qui propose :
– On va faire une course en sac avec les enfants de cinq ans!

Un garçon d'1 m 80 s'approche. Elle lui dit :
– Dis donc !... Tu as cinq ans, toi ?
– Mais oui, madame, j'ai cinq ans !
– Tu es grand pour cinq ans ! Regarde, tu es plus grand que mon parapluie !
– Il a quel âge, votre parapluie ?

Vengeance belge

C'est un Belge qui dit :
– Savez-vous pourquoi les Français ne mangent pas de cornichons ?
– Non !
– Eh bien ! C'est parce que les cornichons ne se mangent pas entre eux !

FORCE ARMÉE

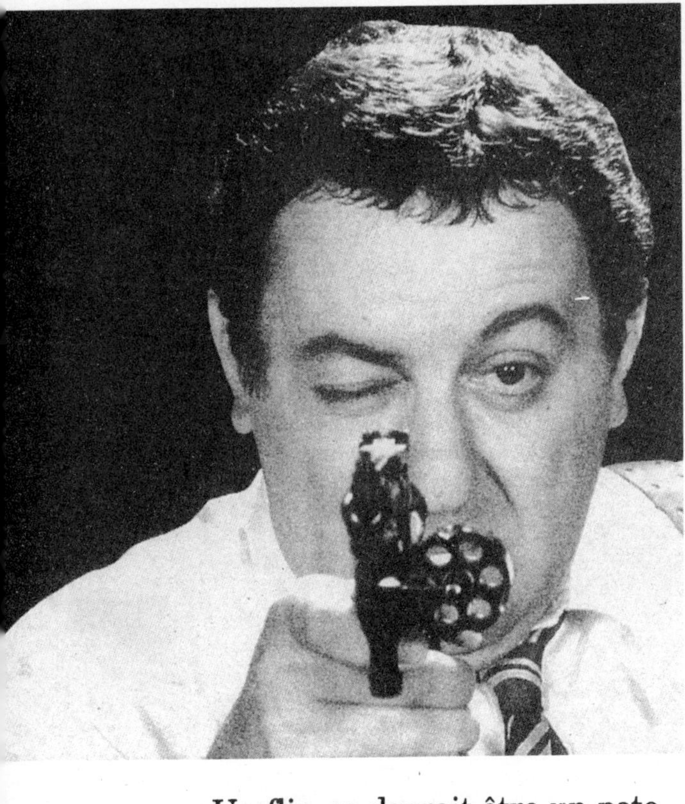

Un flic, ça devrait être un pote
qui te ramène à la maison
quand il te trouve bourré dans la rue.
Un flic, ça devrait être la Providence.

On n'a jamais constitué autant de comités pour la paix que maintenant. Pourtant, il n'y a jamais eu autant de guerres.

Vous savez, la police, c'est pas un métier facile. Si on peut pas foutre des coups de poing dans la gueule aux mecs, des coups de pied dans les couilles et puis des bâtons de flic dans le cul, comment voulez-vous les interroger ? Des fois, ils ne parlent même pas votre langue...

Un CRS a violé une gonzesse : on a décidé de ne pas le déranger. On va juste le muter. Comme ça, il pourra changer de gonzesse !

Deux policiers arrêtés pour coups et blessures, trois policiers interpellés pour escroqueries ! Comme vous le voyez, les voleurs font ce qu'ils peuvent : malheureusement, la police court toujours...

C'est vrai que la police a certainement une épuration à faire en son sein...

qu'il y a probablement une partie de la police qui est trop à la droite d'Hitler. Mais en dehors de ça, y'a aussi des flics qui souffrent beaucoup du fait qu'il y a des brebis galeuses dans leurs rangs !

Voleur, c'est plus un métier d'avenir maintenant. C'est les flics qui tirent... D'ailleurs ils ont gueulé, les repris de « justesse ». Il y en a un qui a dit : « Vous comprenez, maintenant, quand on braque des gens dans la rue, on est obligé de dire : n'ayez pas peur, madame, on n'est pas de la police ! »

Il semblerait qu'il y ait un malaise dans la police, dans la justice, dans les choses comme ça, dans le social, dans l'armée... J'ai peur qu'il y ait un problème de génération à la base de tout ça. Moi, j'ai peur qu'il y ait un petit peu les vieux qu'emmerdent les jeunes... quoi !

Au Viêt-nam, ils ont eu les Chinois qui leur ont fait la guerre, les Japonais leur ont fait la guerre, les Français leur ont fait

la guerre, les Américains leur ont fait la guerre, et maintenant ils sont emmerdés par les Cambodgiens ; c'est vraiment un champ de tir... Il devient évident que c'est un endroit où les mecs vont essayer les armes ! Ils n'en ont rien à secouer des gens qui y habitent...
Moi, j'ai trouvé une combine : s'il y a des mecs qui veulent faire la guerre – puisqu'il y en a qui la font, c'est qu'il y en a qui veulent la faire ! – ces mecs-là n'ont qu'à s'inscrire. Alors on leur donnera des armes et ils pourront se tuer.
Et puis, on trouvera bien un endroit assez grand où ils n'emmerderont personne ! Y'a des déserts où on peut même pas rien faire ! Hein ? Ce serait bien s'il y avait un « champ » où les mecs qui veulent se faire la guerre pourraient se la faire ! Un « champ de guerre », ce serait marrant ! Mais pas au Viêt-nam : dans un endroit où les gens n'habitent pas ! Ça serait mieux !...

La chemise rouge

L'Amiral Nelson était connu pour être très courageux. Chaque fois que son bateau était attaqué, il disait à son second :
– Va me chercher ma chemise rouge ! Comme ça, si je suis blessé, ça ne se verra pas.
Mais un jour, arrive un énorme bateau avec plein de canons et il dit à son second :
– Va me chercher le pantalon marron !

Ancien combattant

Enfin, lui, il a eu de la chance. Il est mort en 14, au début ; comme ça, il a pas vu la suite, qu'était pas belle à voir.

Un été meurtrier

La guerre de 14, c'étaient pas des vacances ! Heureusement, dans un sens, parce qu'il a pas fait beau !

Le bromure à retardement

Un vieux qui a fait 14-18 dit à son copain :
– Tu te souviens du bromure qu'on nous donnait avant de monter au front ?

– Oui, j'me rappelle bien !
– Ben moi, ça commence à m'faire de l'effet !

Quel est l'imbécile...

C'est un colonel qui s'approche d'un mec qui balaye et il lui dit :
– Dis donc, toi ! Quel est l'imbécile qui t'a demandé de balayer ici ?
– C'est l'adjudant, mon colonel !
– Très bien, vous m'ferez quatre jours pour avoir traité l'adjudant d'imbécile !

Coton badigeon, coton badigeon !

Cela se passe dans un régiment de cavalerie. Le général passe à l'infirmerie pour voir les malades. Il demande au premier malade :
– Qu'est-ce que vous avez ?
– Moi, j'ai une maladie du siège... J'ai des hémorroïdes !
– Ah bon ! Et qu'est-ce que l'on vous fait, pour vous soigner ?
– Tous les matins, coton-badigeon, coton-badigeon !

– Ah très bien ! Et quel est votre plus cher désir ?
– Je voudrais me faire remarquer au combat afin d'avoir une médaille !
– Ah ! Très bien mon gars ! Très bien !
Il passe au deuxième lit et demande :
– Et vous, mon brave, qu'est-ce que vous avez comme maladie ?
– J'ai la maladie du siège, mon général ! J'ai des hémorroïdes !
– Et alors ! On vous soigne bien ?
– Tous les matins, coton-badigeon, coton-badigeon !
Il y a dix-sept lits et les malades ont tous des hémorroïdes, le traitement c'est coton-badigeon et ils veulent tous une médaille de guerre. Le général arrive au dernier lit et demande :
– Et vous, mon brave, vous avez aussi la maladie du cheval ?
– Non ! Moi, j'ai une angine. J'arrive plus à parler et je ne peux plus manger.
– Et comment vous soigne-t-on ?
– Tous les jours, coton-badigeon !
– Et quel est votre plus cher désir ?
– Je voudrais bien qu'on change le coton...

Question d'honnêteté

C'est un adjudant qui demande à une jeune recrue :
– Dites-moi, vous... là ! Vous avez pris une douche ?
– Non, pourquoi, il en manque une ?

Profiteur !

Des Russes arrivent en Pologne avec des mitraillettes, ils arrêtent tout le monde et il y en a un qui dit :
– Attention ! Attention ! Fouillez les femmes et violez les hommes ! Merde, je me suis trompé ! Fouillez les hommes et violez les femmes !
Et dans la foule des Polonais, on entend un pédé qui fait :
– Eh ! Ce qui est dit est dit !

Viol

C'est une gonzesse qui arrive au commissariat, elle a été violée. L'agent lui demande de faire la description du type.
– Bah ! C'était sûrement un Corse, j'ai été obligée de tout faire !

Confusion

C'est une prostituée qui s'est fait attraper. On a cru que c'était une espionne et on va la fusiller. Elle est devant le peloton et dit :
– Eh ben dis donc ! C'est bien la première fois qu'on va m'avoir pour douze balles !

Il y a toujours un coupable

C'est une dame qui téléphone au commissariat et qui dit :
– Dites-moi, monsieur le commissaire ! C'est madame Machin... Je vous ai appelé hier parce que j'avais perdu mon collier !
– Oui, oui, je me rappelle...
– Eh bien je l'ai retrouvé !
– Ah, dommage ! On avait déjà fait avouer deux Arabes !

IDÉES

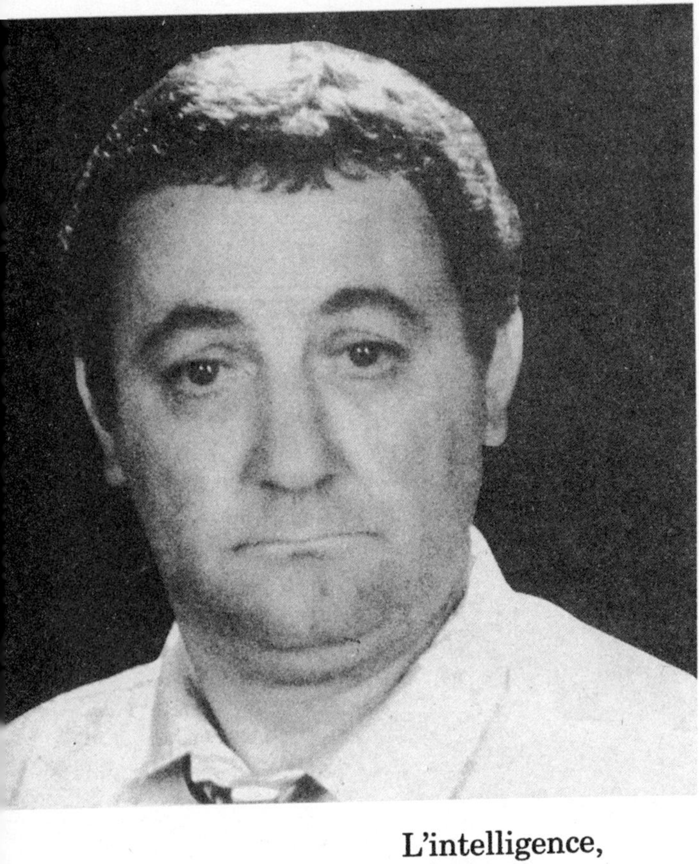

L'intelligence,
on croit toujours en avoir assez,
vu que c'est avec ça qu'on juge.

Des idées, tout le monde en a. Souvent les mêmes. Ce qu'il faut, c'est savoir s'en servir.

Je ne suis pas allé partout, mais je suis revenu de tout.

Je suis emmerdé : je suis peut-être un grand peintre et je ne le sais pas.

Mon père était philosophe. Il disait : « On n'a qu'à manger des artichauts, les artichauts, c'est un vrai plat de pauvre. C'est le seul plat que quand t'as fini de manger, t'en as plus dans ton assiette que quand t'as commencé. »

L'instabilité est nécessaire pour progresser. Si on reste sur place, on recule.

Si un mec voit passer la chance et qu'il ne l'attrape pas, c'est qu'il est maladroit ou imbécile.

Il y a deux sortes de justice : vous avez l'avocat qui connaît bien la loi, et vous avez l'avocat qui connaît bien le juge !

À part la poêle Tefal qui représente un progrès par rapport à la poêle ordinaire, qu'est-ce qui s'est passé, en France, depuis trente ans ?

Je voudrais lancer la lessive ordinaire. Parce que, sur les panneaux d'affichage, je ne sais pas si tu as remarqué, ils disent tous : notre lessive, c'est beaucoup mieux que la lessive ordinaire. Donc si je lançais la lessive ordinaire en cette époque de publicité comparative, je leur ferais un procès à tous. Et je le gagnerais.

Se pencher sur son passé, c'est risquer de tomber dans l'oubli.

On croit que les rêves, c'est fait pour se réaliser. C'est ça, le problème des rêves : c'est que c'est fait pour être rêvé.

Et puis l'horreur est humaine ! Tout le monde le sait...

Ce que je peux dire sur les uns et sur les autres : si ça amuse les uns, tant mieux ; si ça fâche les autres, tant mieux !

Enfoirés, excusez-nous !

J'ai pas dit ça ! Oui, oui, oui... oui... Non, non, non... non... J'ai pas dit ça et puis c'est tout !

Je me fous de la gueule des gens parce que j'aime bien ça, et je participe à des œuvres humanitaires parce que je trouve qu'il faut mettre sa notoriété au service de tout le monde !

Faut pas rire avec les fleurs qu'on met sur les tombes, faut pas rire avec les tombes ! Moi, j'ai trouvé ce que je mettrai sur ma tombe : Circulez, y'a rien à voir... Partir c'est crever un pneu... Et pis... taf !

Oh là là ! Qu'est-ce qu'on s'marre ! Oh là là ! Qu'est-ce qu'on s'marre !

En France, pour avoir du génie, faut être mort. Et pour avoir du talent faut être vieux.

Noces d'étain

C'est les vingt-cinq ans de mariage d'un mec qui est juge et il dit :
– Voilà ! Ça fait vingt-cinq ans qu'on est mariés avec ma femme et cela m'inspire la réflexion suivante : si je l'avais tuée tout de suite... Eh bien j'aurais pris vingt ans et il y a cinq ans que je serais libre !

Les coqs

Est-ce que vous savez pourquoi les coqs n'ont pas de mains ?
Eh bien ! C'est parce que les poules n'ont pas de seins !

C'est quoi, un monologue ?

C'est un gosse qui demande à son père :
– Papa ! Qu'est-ce que c'est, un monologue ?
– C'est un dialogue entre ta mère et moi !

La vérité paie

C'est un mec qui sort du boulot, il prend sa caisse et il a un accident avec une bonne femme. Ils dressent un constat, et comme

la dame est un peu blessée, le type lui propose :
– Si vous voulez, je vous ramène chez vous : votre voiture ne peut plus rouler ! La femme accepte, et, arrivée chez elle, lui offre de prendre un verre pendant qu'elle se fait un pansement. Finalement, il reste un peu et il la baise... Il rentre chez lui un peu plus tard et sa femme lui dit :
– Qu'est-ce qui t'est arrivé ?
– J'ai eu un accident avec une bonne femme, je suis monté chez elle, elle m'a payé un coup à boire, et puis je suis resté et je l'ai baisée !
– C'est ça ! Dis plutôt que t'as joué aux cartes avec tes copains !

Punition

C'est un gosse qui rentre chez lui et qui dit à son père :
– Dis donc, papa ! Est-ce qu'on peut être puni pour quelque chose qu'on n'a pas fait ?
– Non ! Non, non... Ce serait injuste !
– Ah ben, tant mieux ! J'ai pas fait mes devoirs !

Logique enfantine

C'est deux gosses qui parlent ensemble et il y en a un qui dit :
– Où t'es né, toi ?
– Moi, j'suis né chez mon papa et ma maman... et toi ?
– Bah moi, j'suis né à l'hôpital !
– Ah bon ! Pourquoi, t'étais malade ?

Un gosse outré

C'est un gosse qui revient du cirque et qui dit :
– J'ai été très déçu par les lions ! Les lions sont mal polis ! Les lions étaient dans la cage, tout d'un coup y'a un vieux dompteur qu'est rentré : ils sont tous montés sur les tabourets et le dompteur est resté debout !

J'ai les dents jaunes

C'est un type qui va voir le médecin et qui lui dit :
– Écoutez, docteur ! Je ne sais pas quoi faire, j'ai tout essayé, j'ai les dents jaunes... Qu'est-ce que vous me conseillez ?
– Des costumes marron !

Conduite à gauche

Vous savez la différence qu'il y a entre les routiers français et les routiers anglais ? Ils n'ont pas le même bras bronzé !

Un trop petit pays

– Est-ce que vous croyez que cela serait possible que le communisme arrive au Liechtenstein ?
– Ma non !
– Et pourquoi non ?
– Ma ! C'est un trop petit pays pour un si grand malheur !

Peinture abstraite

C'est deux copains qui visitent une exposition de peinture et il y en a un qui dit :
– Mais qu'est-ce que ça représente, ce tableau ?
Et l'autre répond :
– C'est un champ d'herbe avec des vaches !
– Mais, c'est formidable !... Je ne vois pas l'herbe !
– C'est normal, les vaches l'ont mangée !

– Oui, mais c'est formidable, quand même ! Je ne vois pas les vaches non plus !
– Mais qu'est-ce que tu veux que les vaches foutent là ? Elles ont mangé l'herbe !

Lit de mort

C'est une femme qui est en train de mourir et qui dit à son mari :
– Ah !... mon pauvre chéri... Qu'est-ce que tu vas devenir, si je meurs ? Qu'est-ce que tu vas devenir ?
Et il lui répond :
– Meurs !... On verra après...

Sandwich à la polonaise

Savez-vous comment on fait un sandwich polonais ? On prend un ticket de jambon et on le met au milieu de deux tickets de pain !

Marchand de tapis

C'est une dame qui arrive dans un grand magasin et qui demande un tapis bleu d'un mètre sur trois pour mettre dans son

salon. Le vendeur lui apporte tous les tapis dans les nuances de bleu. Elle dit :
– Oui, bleu, oui... Mais le bleu roi, j'ai peur qu'il soit un peu roi... Le bleu pâle, je le trouve un peu pâle... Le bleu foncé, il est bien, c'est un beau bleu, mais il est foncé... Faites-moi voir les rouges !
Le vendeur replie tous les tapis bleus, revient avec les rouges et dit :
– Voilà, madame ! Alors, vous avez le rouge foncé...
– Il est foncé !
– Vous avez le rouge clair...
– Il est trop clair !
– Vous avez le rouge moyen...
– Ah oui ! Ça, il est moyen ! Et puis vous savez, chez moi, c'est jaune ! J'ai peur que cela n'aille pas ! Sortez-moi les jaunes...
Elle lui fait sortir tous les tapis et le vendeur, au bout du compte, lui dit :
– Écoutez madame ! Je vais être grossier avec vous, mais maintenant, vous me gonflez ! Alors le tapis, je ne sais pas si vous allez l'acheter ici, mais moi je vais vous dire, madame : allez vous faire foutre !

– Comment ? Mais je suis une cliente ! Et vous me dites...
– Écoutez, madame ! Vous êtes arrivée à neuf heures du matin, à l'ouverture du magasin, et il est cinq heures de l'après-midi ! Alors je vous dis : allez vous faire foutre !
– Eh bien, monsieur... je vais aller me plaindre au directeur !
– Eh bien le directeur, vous lui direz de ma part qu'il peut aller passer son après-midi aux chiottes !
Elle va voir le directeur et lui explique ce que le vendeur lui a dit. Le directeur est confus.
– Mais c'est incroyable, madame, ce que vous me dites là ! Comment a-t-il pu se permettre, ce vendeur ? Qui est-ce ? Pourriez-vous le reconnaître ?
– Oui monsieur ! C'est le vendeur n° 40912 ! Il m'a dit d'aller me faire foutre et il a dit que vous n'aviez qu'à aller passer votre après-midi aux chiottes ! C'est une honte !
Le directeur cherche dans ses dossiers :
– 40912 ? Mais... c'est un très bon ven-

deur ! En 1975, il a fait vingt-six millions de chiffre d'affaires ! En 1976, il a fait trente-quatre millions de chiffre d'affaires ! En 1977, il a fait quarante-neuf millions de chiffre d'affaires ! Madame, vous faites ce que vous voulez, mais moi je fais ce qu'il a dit !

Hiver rigoureux

C'est un bûcheron qui coupe du bois. Soudain, il aperçoit un Indien et il se dit : « Tiens ! Je vais demander à l'Indien s'il va faire froid cet hiver. Parce que les Indiens, ils doivent bien s'y connaître en température ! » Alors, il arrête l'Indien qui passait et lui demande :
– Dites donc ! Est-ce que vous croyez qu'il va faire froid, cet hiver ?
– Oh, oui ! Hiver rigoureux !
Alors le bûcheron coupe encore du bois. Il coupe, il coupe, il en a un gros tas derrière lui et l'Indien repasse en disant :
– Oui, oui, très rigoureux, l'hiver !
Alors le bûcheron recoupe du bois, il a maintenant un énorme tas ! L'Indien repasse et lui dit :

– Oh la la ! Très très très rigoureux, l'hiver...
– Mais comment tu le sais ?
– Chez nous, il y a un dicton : « Quand l'homme blanc coupe du bois, c'est que l'hiver sera rigoureux ! »

POLITIQUE

Ça fait beaucoup marrer les gens de voir qu'on peut se moquer de la politique, alors que, dans l'ensemble, c'est surtout la politique qui se moque de nous.

J'arrêterai de faire politique quand les hommes politiques arrêteront de faire comique.

Les gens élisent un président de la République. Après, ils disent : « C'est quand même un mec formidable, puisqu'il est président de la République ! »

La gauche dit toujours que la droite tire les ficelles, et vice versa. Moi, je crois que le mec qui est au gouvernement, il est tiré par les ficelles.

Après mai 68, la seule chose qu'ils ont trouvé à faire, c'est goudronner les rues de Paris. Ils sont quand même pas malins, les mecs qui tiennent le haut du pavé !

L'opinion publique en politique et la clientèle dans les variétés, c'est le même combat.

Citez-moi un ministre de l'Intérieur qui n'a pas une gueule de voleur, d'assassin ou de méchant dans un film policier ?

La droite a fait des promesses qu'elle n'a pas tenues ; la gauche a éveillé des espoirs qu'elle a déçus.

C'est Georges Marchais qui saute en parachute, mais le parachute ne s'ouvre pas. Un ange s'approche et lui propose de le porter. À une condition : qu'il crie « vive le capitalisme ! » Alors Marchais répond : « Ah ça non, je préfère encore m'écraser au sol ! » Le sol arrive, deux cents mètres, cent mètres, et Marchais hurle : « Vive le capitalisme ! » Et à ce moment-là on entend Fiterman s'exclamer : « Non seulement tu dors pendant les réunions, mais en plus tu gueules des conneries ! »

Des fois, on se dit : « Mais... Jacques Chirac et Raymond Barre, ils ne sont pas de la même crémerie ? Ils sont pas ensemble ? »
Mais dis donc ! Ils ont un numéro de

cirque : il y en a un qui coupe les oignons et l'autre qui pleure.

Rose promise, chôm'dû.

À l'Assemblée nationale, la moitié sont bons à rien. L'autre moitié sont prêts à tout.

C'est pas parce qu'ils sont nombreux à avoir tort qu'ils ont raison.

Les hommes politiques sont marrants ! Encore que je ne pense pas qu'un jour ils nous feront autant marrer qu'ils nous emmerdent !...

– Ça doit être un métier difficile : zômme politique ?
– C'est pas vrai ! Les études, c'est très simple. Les études, c'est cinq ans de droit et tout le reste de travers !

Les quatre leaders des grandes formations de la politique française ne sont pas les uns contre les autres, mais unis comme « les Trois Mousquetaires » des cinq doigts de la main : un pour tous, tous pourris !

Je crois que la grande différence qu'il y a entre les oiseaux et les hommes politiques, c'est que, de temps en temps, les oiseaux s'arrêtent de voler.

Moi, les politiciens, vous savez... je ne les aime pas. Non, je porte à gauche, remarquez. Mais enfin, je supporte à droite !

Alors, homme politique, si vous voulez... c'est un mec qui s'occupe d'abord de sa carrière, et puis une fois qu'il est arrivé à un poste assez important, alors à ce moment-là... il met du pognon de côté. Il commence à magouiller dans des affaires de gouvernement... avec des tierces personnes... et il se met du pognon de côté parce que ça ne dure pas, homme politique. Mais il récupère l'argent après... Bien mal acquis ne profite qu'après !

Moi, les hommes politiques, j'appelle ça des timbres. De face, ils vous sourient, ils sont figés. Mais si jamais vous leur passez la main dans le dos, alors là, ça colle !

Ils sont toujours ancien ministre de quelque chose. Y'a vraiment que nous qui sommes au boulot !

Parce qu'en fait, tous ces mecs qui veulent notre bien, ils se battent quand même un peu pour gouverner, quand même ! C'est pas de nous qu'ils ont à foutre, c'est surtout d'eux ! Oui, oui... j'en ai peur !

Il paraît que la presse a tué un ministre ! Dis donc... par rapport à ce qu'elle en fait vivre... c'est pas très grave, hein ?

Brice Lalonde, pour qu'il soit élu, il faudrait que les arbres votent.

Ils sont emmerdés, en Corse : on leur

a déjà volé le résultat des prochaines élections.

Dans les manifs, rien ne sert de partir à point, il faut courir.

Le Marché commun ? C'est un grand magasin à grande surface qui est à deux kilomètres à droite.

Le Président américain téléphone à Mitterrand par le téléphone privé et lui dit :
– Comment ça va ?
– Très bien, très bien.
– J'ai compris : vous êtes avec des journalistes. Je vous rappelle plus tard.

J'ai déjà fait plus d'entrées payantes dans une seule saison que des mecs qui s'étaient présentés aux présidentielles.

La veuve Mao, ancienne comédienne. Le pape, ancien comédien. Reagan, ancien comédien. J'ai toutes mes chances.

La droite a gagné les élections. La gauche a gagné les élections. Quand est-ce que ce sera la France qui gagnera les élections ?

Campagne électorale

C'est un type, dans la rue, qui fait des sondages auprès des citoyens sur les hommes politiques. Par hasard, il s'adresse à un mec du P.S. qui lui dit :
– Ah ! Vous, vous tombez bien ! Je suis membre du parti socialiste, j'y travaille !
– Eh bien je vais vous poser directement la question : comment est-ce que vous comptez gagner les élections ?
– Bah !... À chaque fois que je prends un taxi, je donne pas de pourboire et je dis : votez pour moi, je suis du R.P.R. !

Rouges qui tachent

Quelle est la différence entre le beaujolais et le P.C. ?
Le beaujolais, lui, il est sûr de faire 10,5 !

En direct d'U.R.S.S.

En direct du parti communiste d'U.R.S.S., dans les années quatre-vingt : « quand on recrute un membre pour le parti, on est dispensé pendant un mois de cotisation.

Et quand on recrute cinq membres pour le parti, on est autorisé à quitter le parti ! »

Concurrence déloyale

J'ai une grande nouvelle à vous annoncer qu'on ne dira pas au journal : les Russes ont trouvé un moyen de couler les États-Unis ! Ils vont leur filer tous leurs secrets, comme ça ils auront cinq ans de retard !

Politique-affection

C'est deux vieux hommes politiques qui se rencontrent et y'en a un qui dit à l'autre :
– Dites donc !... Comment s'appelait-il, déjà, le mec qui était député, là ? Tu vois qui je veux dire ?
– Ah oui, machin... il est mort !
– Ah tant mieux ! J'ai cru qu'il était fâché !

Les taxis et les coiffeurs

Les taxis et les coiffeurs, quand ils votent pas pour toi, t'as perdu les élections !...

Les deux singes

C'est l'histoire de deux singes qui finissent de manger leur banane, au zoo, et il y en a un qui dit à l'autre :
– C'était pas plus terrible que sous l'ancien régime !

RACISME

Jean-Marie a dit :
« Le racisme, c'est comme les nègres.
Ça ne devrait pas exister. »

Jean-Marie l'a dit : « Juste avant ma mort, je voudrais être converti en arabe. Comme ça, ça en fera un de moins ! »

Un pétrolier arabe qui coule face aux côtes françaises, c'est un accident. Mais quand les Arabes savent nager, c'est une catastrophe.

La maîtresse fait l'appel à l'école :
– Ben Amli ?
– Présent !
– Ben Youkou ?
– Présent !
– Ben Mohamid ?
– Présent !
– Ben Oït ?
Alors le mec se lève et dit :
– Non, moi c'est Benoît !

Attention ! C'est une nouvelle loi : désormais, pour apprendre le français en France, il faudra savoir le français !

Vous avez des étrangers qui vien-

nent en France comme balayeur, et après ils restent comme Noir !

Évidemment, il y a une extrême droite – à bon entendeur, salaud ! – mais enfin... dans l'ensemble, on fait encore la différence entre un émir et un Arabe !

Dans le parti de Jean-Marie, on est à droite. Oui, c'est vrai, on est légèrement à la droite d'Hitler !

Moi, je ne suis pas raciste ! J'ai même des disques de Sidney Bechet !

Il faut quand même savoir que dans le monde, il y a cinquante-huit millions de Français et presque trois milliards d'étrangers !

Eh ! C'est vrai que l'Europe a été envahie par les Huns et par les autres ? Donc on est tous des étrangers, et il n'y a pas de nationalité réelle au sens où on a l'air de vouloir l'entendre quand on le défend à travers le racisme...

La Chine, c'est gai. Plus on est de fous, moins il y a de riz... L'événement politique du siècle, c'est que la Chine a acheté des Coca-Cola et que les bouteilles sont consignées en Amérique.

Vous savez pourquoi les Noirs ont des écorchures au visage le lundi ? C'est parce que le dimanche, ils mangent avec une fourchette !

Connaissez-vous la différence entre un pneu et un nègre ? Quand on met des chaînes aux pneus, ils ne chantent pas le blues !

Savez-vous comment s'est creusé le Grand Canyon du Colorado ? C'est un car israélite qui est passé là, y en a un qui a laissé tomber une pièce, et ils ont creusé avec les doigts !

On a passé un accord avec l'U.R.S.S. On leur donne tout notre blé, et en échange on garde tout notre charbon.

Un sportif français qui gagne est un Français. Un sportif français qui perd est un sportif, pour ne pas dire plus.

Si on se moque pas des Arabes, c'est que c'est vraiment des Arabes, quoi! À partir du moment où on peut se moquer d'eux comme d'un con ordinaire, à ce moment-là, y'a plus de racisme!

Couvre-feu à huit heures

C'est un mec qui est au Chili et qui dit :
– Maintenant, le couvre-feu, c'est à huit heures. Tous ceux qu'on verra dans la rue après huit heures, il faut tirer sans sommation.
Les mecs obéissent. Il se passe deux-trois jours et, à un moment, il y a un rapport qui arrive disant « on a tiré sur un civil à huit heures moins le quart ». On appelle donc le mec qui a tiré, et on lui dit :
– Écoutez ! C'est bien de faire du zèle parce que, dans notre pays, plus on tire mieux c'est, mais quand même ! On parle de nous à l'étranger ! Et là, franchement, le rapport dit que vous avez tiré à huit heures moins le quart !
L'autre répond :
– Ben oui, mais je le connaissais, le mec...
– Ah ! Vous le connaissiez, en plus ?
– Oui, je le connaissais. Je savais même où il habitait. Et là où je l'ai vu à huit heures moins le quart, il aurait jamais pu être chez lui à huit heures. Alors...

Plat du jour

En Afrique, un Noir vient voir le Blanc qui est attaché au poteau et il lui dit : « Comment tu t'appelles, toi ? » Et le Blanc lui demande : « Mais pourquoi tu me demandes mon nom ? » Et le Noir répond : « C'est pour écrire sur le menu ! »

Il est beau, ton singe

C'est un jeune de couleur qui se promène dans la rue avec un chien. Un vieux monsieur couvert de médailles s'approche de lui et dit :

– Oh ! Mais dis donc, il est beau ton singe !

Le petit garçon lui répond :

– Mais ce n'est pas un singe, c'est un chien !

Et l'autre :

– C'est pas à toi que je parle !

J'en ai pas

C'est un Juif qui tient un magasin de tissus. Une cliente arrive et dit : « Je voudrais un tissu rouge... » Il fonce au fond du magasin et revient. Il déroule un grand

truc et dit : « Regarde la qualité ! Regarde la qualité ! Touche ! Touche la qualité du tissu !
– Oui, mais c'est violet, ça. Moi, je voudrais rouge.
– Rouge ? Tu veux rouge ?
– Oui. »
Il remporte le truc, repart et revient : « Regarde, regarde la qualité ! Celui-là, l'eau glisse dessus ! Ça prend pas l'eau !
– Oui, c'est joli, mais c'est marron ! Moi je voudrais rouge !
– Rouge ? D'accord. »
Il repart au fond du magasin et revient : « Regarde celui-là, la finesse ! Regarde la finesse !
– Eh ! Mais celui-là, il est jaune !
– Tu veux rouge ?
– Oui.
– Vraiment rouge ?
– Oui !
– J'ai pas ! »

Missionnaire à la créole

C'est une histoire de cannibales. Un jour, chez les cannibales, au beau milieu de

l'Afrique, est écrit au menu : « Missionnaire à la Créole. » Et, en effet, il y a un missionnaire qui mijote dans une marmite et le cuisinier lui tape dessus avec un énorme gourdin. Le chef de la tribu arrive et lui dit :
– Mais dis donc, là ! Tu es en train d'abîmer la nourriture !
– Mais non, chef ! Regardez ! Il bouffe tout le riz !

Les signaux de fumée

C'est un Indien qui fait une démonstration pour les touristes. Il leur montre comment écrire des signaux de fumée avec sa couverture. Quelqu'un lui demande :
– Qu'est-ce que vous écrivez, là ?
– Là, j'écris à ma mère !
À côté de lui, il voit un extincteur, il le prend et le touriste lui fait :
– Mais qu'est-ce que vous faites, là ?
– Eh bien... je prends ma gomme !

Le Juif insomniaque

C'est un mec qui n'arrive pas à dormir. Il va voir Moshé et lui dit :

– Voilà ! Je n'arrive pas à dormir, je ne sais pas ce que j'ai, mais je ne trouve plus du tout le sommeil.
– C'est très simple : tu n'as qu'à compter les moutons ! Tu comptes les moutons qui sautent la barrière...
Le mec va se coucher et compte les moutons. Le lendemain, Moshé revoit son copain, lui demande s'il a bien dormi et l'autre lui répond :
– T'es fou ! J'ai compté les moutons ! Et puis je les ai tondus. J'ai fait du tissu avec, j'ai fait des vestes, et maintenant, je cherche des doublures pas chères !

Corruption de fonctionnaire

Un Arabe – rien que le nom m'amuse – est inculpé de corruption de fonctionnaire. Il avait donné un sucre à un chien policier !

Bon miam-miam, bon glou-glou

C'est un mec qui va à un dîner et, à côté de lui, il y a un Noir. Alors il lui dit :
– Bon miam-miam !
L'autre lui répond « oui » en lui faisant un

signe de tête. Ensuite, il le voit boire et il lui fait :
– Bon glou-glou !
Mais après le Noir se lève, il monte sur la tribune, fait un discours d'une heure trente dans un français parfait et sans accent. Il revient s'asseoir et il fait au mec :
– Bon bla-bla, hein ?

Les doigts de la main

C'est un Juif qui dit à son fils :
– Je vais tout t'expliquer ce que c'est les doigts pour la main : vous zavez zici le pouce, c'est pour montrer quand c'est bien. On montre le pouce, on dit « ça c'est le bon produit, on peut l'acheter, c'est la bonne affaire ! » L'index, c'est pour montrer du doigt le bon produit qui l'est la bonne affaire, on dit « c'est celui-là ! » Le majeur, je te dirai après... Le suivant ? Ah ! c'est pour le mariage ; c'est celui-là que l'on y met l'anneau une fois que l'on est marié avec une maman qui l'est juif aussi ! Et le petit doigt, c'est pour gratter l'oreille !
– Mais Moshé ! Tu m'as toujours pas dit qu'est-ce que c'est le majeur ?

– Le majeur ? C'est pour quand on est le soir, sous les draps, tout seul, et qu'on compte les billets !

Souvenir d'Afrique

C'est une femme qui revient d'Afrique et sa copine lui demande :
– Dis-moi, alors ! Quelle genre de vie ils ont, là-bas ?
– Plus grand et plus noir !

Différence

Quelle différence y a-t-il entre un imprésario et Le Pen ? Ils prennent tous les deux 10 %, mais c'est rare qu'un imprésario crache sur le noir !

Change

C'est un Noir qui entre dans une banque avec un chèque ; il voudrait faire de la monnaie en gros billets. Alors il dit :
– Je veux dé gos billés...
Et le mec du guichet lui tend une cuvette en plastique.

Le bon choix

Le père et le fils, deux cannibales, se promènent dans la forêt. Tout à coup, le père dit :

– Oh ! Regarde la belle fille qui est là-bas !

Et le gosse, il fait :

– Eh papa ! On l'attrape et on la mange ?

– T'es con ? On la ramène à la maison et on mange maman !

Apartheid

En Afrique du Sud, c'est un Blanc qui entre dans un bistrot avec un crocodile en laisse. Il dit au barman :

– Vous servez des Noirs, ici ?

– Ouais !

– J'en voudrais un pour mon crocodile !

Une abeille d'origine ruche

L'affaire se passe en U.R.S.S. Il y a un lapin qui est là avec une abeille, donc une abeille d'origine ruche (je suis assez content de l'avoir placée dans la conversation parce que j'aime autant vous dire que ce n'est pas facile à placer !). C'est le jour de l'ouverture de la chasse à l'ours. Alors l'abeille dit au lapin :

– Mais qu'est-ce que tu fous, lapin, avec ton sac ?

– Moi, j'me barre ! C'est le jour de l'ouverture de la chasse à l'ours !

– Mais toi, tu t'en fous ! T'es pas un ours !

– Oui, mais... t'as des papiers pour le prouver, toi ?

Le soleil et le charbon

Bon alors ! Maintenant une histoire polonaise... Polonais : Poil au nez !

Quelle est la différence, en Pologne, entre le soleil et le charbon ?

Eh bien le soleil disparaît à l'Ouest, alors que le charbon disparaît à l'Est !

L'ouverture des frontières

En U.R.S.S., un type qui habite près de la frontière dit à un autre :

– Qu'est-ce que tu ferais, si on ouvrait tout d'un coup toutes les frontières ?

– J'monterais dans un arbre !

– Pourquoi ?

– Pour éviter de me faire écraser par la foule !

Afrique du Sud

C'est un Blanc, en Afrique du Sud, qui est face à un précipice et il fait :
– 23... 23... 23... 23... 23...
Sur ce, un Noir arrive et lui demande :
– Qu'est-ce que tu fais, bwana ?
Alors le Blanc le pousse et se met à dire : « 24... 24... 24... »

Piégé !

C'est un Juif qui entre dans un bistrot où le serveur est noir et il lui dit :
– Tiens ! Sale nègre... Donne-moi un whisky !
– Ah bah ! C'est pas gentil, ça ! Supposez que ce soit le contraire et que ça soit moi le client ! Qu'est-ce que vous diriez, hein ?
– Eh bien si tu veux, on essaye !
Alors ils changent de place, et le Noir rentre dans le bistrot en disant au Juif :
– Bonjour, sale Juif ! Donne-moi un whisky !
– On ne sert pas les Noirs, ici !

Perroquet voyageur

C'est un pote de couleur qui entre dans un bistrot avec un perroquet sur l'épaule et le barman lui dit :
– Oh ! Il est joli, dis donc ! Où est-ce que tu l'as trouvé ?
Et le perroquet répond :
– En Afrique, il y en a plein !

Il y a noir et noir

Est-ce que tu sais comment, en Afrique du Sud, on appelle un Noir qui possède une mitraillette ?
– On l'appelle Monsieur !

Voyage en train

C'est un Juif qui est dans le train avec son ami et il lui dit :
– Tu es bien assis ?
– Oui !
– Tu n'as pas trop les cahots ?
– Non, non...
– Tu n'as pas trop l'air de la fenêtre ?
– Non, non !
– Donne-moi ta place !

Circoncision

Vous savez comment on appelle, en Israël, un bébé de trois mois qui n'est pas circoncis ?
Une fille !

Mea culpa

Est-ce que tu sais pourquoi les Noirs ont un gros sexe ?
C'est Dieu qu'a fait ça pour s'excuser des cheveux qu'il leur a fait !

RELIGION

Dieu,
c'est comme le sucre dans le lait chaud.
Il est partout et on ne le voit pas.

Mon père est allé à Lourdes. Il ne lui reste que Lisieux pour pleurer.

Les mecs qui sont baptisés, faut pas leur en vouloir : on leur a pas demandé leur avis.

Un jour, Dieu a dit : « Je partage en deux. Les riches auront de la nourriture, les pauvres auront de l'appétit. »

Tous les mecs qui croient en Dieu croient que c'est le seul. C'est même de là que vient l'erreur.

Dieu a créé les catholiques

C'est une histoire juive, évidemment ! Vous savez pourquoi Dieu a créé les catholiques ? C'est pour qu'il y en ait, quand même, qui achètent au détail !

Vous avez tort, c'est bon !

C'est un curé et un rabbin qui sont dans un train. Le curé sort un sandwich au jambon et demande au rabbin :
– Vous en voulez un peu ?
– Ah non ! Vous savez, dans notre religion, on n'a pas le droit de manger du porc.
– Ah ? Vous avez tort, parce que c'est vraiment bon !
Il mange son sandwich et, en descendant du train, le rabbin dit au curé :
– Vous direz bonjour à votre femme !
– Mais, on n'a pas le droit de se marier...
– Vous avez tort, c'est bon !

Le chanteur israélite

C'était un chanteur israélite... tellement il avait le pantalon moulé que non seulement on lui voyait le sexe, mais en plus on lui voyait la religion !

Ne s'use que si l'on s'en sert

C'est un israélite qui pisse dans les toilettes publiques et il y a un mec qui s'amène à côté de lui pour pisser. L'israélite lui dit :
– Ah ! Vous êtes juif, vous aussi ?
– Non, c'est l'usure !

Miracle ?

Un mec dit à son curé :
– Monsieur le curé, c'est un miracle ! Cette nuit, je me suis levé, je suis allé aux toilettes, j'ai ouvert la porte, la lumière s'est allumée toute seule, j'ai fait pipi, je suis ressorti et la lumière s'est éteinte toute seule !
– C'est pas un miracle, vous avez sûrement fait pipi dans le frigo !

Le prêtre et le rabbin

C'est un prêtre et un rabbin qui se rencontrent et le prêtre dit :

– Voilà ! Je vais vous dire comment je fais : je trace une ligne par terre, je prends l'argent que j'ai ramassé à la quête, je le jette en l'air ! Tout ce qui tombe à gauche je le mets dans ma poche, et tout ce qui tombe à droite c'est pour Dieu !

– Ah ! Moi aussi, je le fais aussi comme ça, mais je le fais différent : je fais pas le trait par terre ! Je lance l'argent en l'air, tout ce qui reste en l'air c'est pour Dieu et tout ce qui retombe par terre c'est pour moi !

Le bouillon Knorr va renflouer le Titanic

Le *Titanic* va être renfloué par le bouillon Knorr ! C'est comme j'vous l'dis, par le bouillon Knorr et avec l'aide de Dieu... Parce que normalement, y'a pas dieu dans le bouillon !

Noir et blanc

Qu'est-ce que c'est que : une fois noir, une fois blanc, une fois noir, une fois blanc ? C'est une bonne sœur qui fait des galipettes !

Confession sans repentir

C'est un mec qui vient voir monsieur le curé et qui lui dit :
– Voilà, je voudrais me confesser... Cette nuit, j'ai fait dix-huit fois l'amour avec ma femme !
– Avec votre vraie femme ?
– Oui, oui !
– Mais, mon fils ! C'est pas un péché !
– Ben je sais ! Mais je voulais le dire à quelqu'un... quoi !

Le couvent et la rue

C'est une nonne qui dit à la mère supérieure :
– Je quitte le couvent. Je m'en vais, ça me gonfle !
La mère supérieure lui fait :
– Vous quittez la robe ?
– Oh ! oui, ça me fait chier, j'en ai plein le cul !
– Et qu'est-ce que vous allez faire comme métier ?
– Je vais devenir prostituée !
– Comment ? Vous allez faire quoi ?
– Prostituée ! Je vais sucer au Bois !

– Ah ! Vous m'avez fait peur ! J'avais compris protestante !

Retour de croisade

C'est un mec qui rentre des croisades. Il enlève son armure et sa femme lui dit :
– Ah ! T'es tout bronzé !
– Non, c'est la rouille !

L'homme invisible

C'est Ève, au début de la création, qui est assise dans l'herbe. Un jour en automne, elle voit voltiger une feuille morte et fait :
– Tiens ! L'homme invisible !

Gâchez pas la marchandise !

Deux types et un curé se retrouvent sur une île déserte et il y en a un qui dit aux autres :
– Comme on ne va plus rien avoir à manger... le plus simple, ce serait que je me suicide, et comme ça vous me mangerez !
– Non, mon fils ! s'écrie le curé. Ne faites

pas ça ! Dieu interdit le suicide et aussi le cannibalisme...
Mais l'autre s'est déjà mis le revolver sur la tempe le troisième type fait :
– Pas dans la tête ! La cervelle, c'est ce que je préfère !

Ciel !

C'est un mec qui est dans une fusée, et tout à coup, il voit le compteur de la fusée indiquer cinq cents à l'heure, mille à l'heure, trois mille à l'heure, dix mille à l'heure... Alors le mec s'écrie :
– Oh ! Mon Dieu !
Et il y a quelqu'un qui fait :
– Oui ?

SPECTACLE

C'est pas difficile, d'être une vedette.
Ce qui est difficile,
c'est d'être un débutant.

Les gens se déplacent pour me voir. Ils payent, et après ils disent : « Tout seul sur scène pendant une heure et demie ! Tout de même ! Il est formidable ! »
Et pourtant, si les gens n'étaient pas venus, je ne serais pas resté...

Il ne faut pas entrer sur scène en se disant : « Combien ils sont ? Combien je vais gagner ? » Sinon, un soir, on se surprend à compter les pompiers de service...

C'est difficile d'être comédien dans sa cuisine.

À part gangster ou homme politique, des choses qui se font sans qualification, y'a quasiment qu'artiste.

Pour faire un mauvais musicien, il faut au moins cinq ans d'études. Tandis que pour faire un mauvais comédien, il faut à peine dix minutes.

Comédien, c'est un métier qui

s'apprend à partir de soi-même. Ça a un nom de maladie : égocentrisme.

C'est sympa, le spectacle : on joue avec des acteurs, on fait des grimaces, on se maquille, on se déguise. C'est un métier rigolo et, en plus, c'est bien payé !

S'il y a quelque chose qui porte bien son nom, c'est les dramatiques à la télévision. C'est de la télé et c'est dramatique. Tellement c'est mauvais !

Léon Zitrone, il me fait tellement rire... S'il rajoutait des chevaux dans le tiercé, je les jouerais.

On m'engage à la radio. On me paye très cher et on me vire pour les mêmes raisons que l'on m'avait engagé.

Y'en a, pour briller en société, ils mangeraient du cirage !

Hélas ! On n'est pas sûr que lors-

qu'une critique est mauvaise, le spectacle soit bon !

Le succès, ça rend modeste quand t'es pas trop con. Et grâce à lui, tu rencontres des tas de surdoués qui n'y accèdent jamais.

J'ai toujours pensé qu'il fallait être gros pour réussir ! En France, seuls les gros sont marrants.

De profil, je suis assez amusant ; de face je fais carrément rire, et de dos, je passe inaperçu !

Les comiques ne sont jamais drôles dans la vie, sauf moi.

Je n'ai jamais été simple. Je ne vois pas pourquoi la gloire me ferait changer.

Si un jour je n'ai plus de succès, eh bien... je pourrai toujours être un mauvais comédien. C'est ce que j'étais avant !

Tant qu'on fait rire, c'est des plaisanteries. Dès que ce n'est pas drôle, c'est des insultes.

Si tu sais faire rire, tu sais faire pleurer. Un acteur, c'est comme un briquet : il suffit qu'il y ait de l'essence. Et alors, il y a l'étincelle.

TRAVAIL

Le jour où je serai malade en mangeant,
j'arrête de travailler,
parce que je travaille pour manger.

Le meilleur moyen d'enrayer l'hémorragie des accidents du travail est sans doute d'arrêter de travailler... Ce qui aurait malheureusement pour conséquence d'augmenter les accidents de vacances.

Le mec qu'est dans le bâtiment, le jour où il se met à la retraite, à votre avis qu'est-ce qu'il fait ? Il se construit une maison !

La bonne volonté n'a jamais remplacé le talent.

Apprentissage

Un moniteur d'auto-école débute dans le métier. Il le dit à la bonne femme qui prend sa leçon de conduite et celle-ci lui répond :
– Écoutez, ça tombe bien, moi, c'est la première fois que je prends une leçon !
Ils y vont, ils reviennent et le patron de l'auto-école dit au moniteur :
– Alors ! Comment ça s'est passé ? Ça n'a pas été trop dur ? Qu'est-ce qui vous a paru le plus dur ?
– Le pare-brise !

L'heure, c'est l'heure

C'est le patron qui voit sa secrétaire se barrer dix minutes avant la fin du travail :
– Dites donc, Marie-Louise... Vous êtes déjà arrivée en retard ce matin, et là, maintenant, vous partez en avance ?
– Oui, parce que j'ai un rendez-vous ! Vous voudriez pas que je sois en retard deux fois dans la même journée, quand même ?

Recrutement

C'est un mec qui reçoit une nouvelle secrétaire, superbe, et il lui dit :
– Bon ! Alors voilà... je vais vous faire passer un examen d'entrée : si je vous donne douze mille francs par mois moins 8 %... qu'est-ce que vous retirez ?
– Tout sauf les boucles d'oreilles !

Embauche

C'est un clochard qui en a marre de sa situation. Il a décidé de trouver un boulot. Un jour, il voit l'annonce suivante : « On demande un chauffeur de maître. » Alors il se dit qu'il va y aller parce qu'il a le permis. Il arrive donc chez une baronne et celle-ci lui dit :
– Vous êtes chauffeur ? Avez-vous votre permis de conduire ? Puis-je le voir ?
– Oui.
– Pouvez-vous me montrer vos mains ?
Il lui montre ses mains.
– Ça va, elles sont propres ! Maintenant, puis-je voir vos pieds ?
Il lui montre ses pieds.

... Là, le copain à qui il raconte son histoire lui demande :
– Alors, elle t'a engagé ?
– Non, parce qu'après, elle m'a demandé de lui montrer mon curriculum vitae et...
– Et alors ?
– Alors là, je crois que j'ai fait une connerie !

Plaisanterie de chez Lesieur

C'est le chef de service qui vient de se taper la femme de ménage et son copain lui dit :
– Alors ! Comment c'était ?
– J'vais te dire ! Elle est bonne... et en plus, elle est bonne !

Repentir d'hommes d'affaires

C'est un type qui va mourir. Il fait venir son meilleur ami, qui est aussi son associé, et il lui dit :
– Écoute ! C'est terrible... Je vais mourir, mais je ne veux pas mourir avec la conscience chargée... Je voudrais te dire... toi qui as toujours été si gentil avec moi... j'ai été un vrai salaud ! Tu sais, avant...

pendant que tu avais le dos tourné, j'ai vendu l'usine !
– C'est rien... ça fait rien... je t'assure, c'est pas grave !
– Oui, mais c'est pas tout... j'ai vendu ton brevet aux Japonais !
– C'est pas grave, c'est rien du tout !
– Mais j'ai été un vrai salaud, tu sais ! J'ai baisé ta femme !
– C'est rien, c'est pas grave !
– Mais toi, tu as toujours été si gentil avec moi ! Ça m'ennuie, tu comprends ?
– Écoute, t'inquiète pas... Qui c'est qui a mis le poison dans ton café, à ton avis ?

Erreur médicale

C'est un chirurgien qui croise un de ses collègues dans le couloir :
– Alors ? Ça c'est bien passé, l'opération ?
Et l'autre dit :
– Comment ça ? C'était pas une autopsie ?

Rien ne se perd...

Une nouvelle serveuse arrive chez de nouveaux employeurs, et au moment de servir à table elle demande :

– Madame ! Je voudrais savoir si Madame et Monsieur ont l'habitude de manger les restes ?
– Oui, évidemment... pour ne pas jeter !
– Vous avez bien fait de me le dire, je vous mettrai les miens de côté !

Ponctualité

C'est un patron qui fait venir son assureur et il lui dit :
– Est-ce que vous pouvez m'assurer tout le mobilier ? Sauf la pendule, parce que ça, on ne risque pas de me la voler : le personnel ne la quitte pas des yeux !

Pression syndicale

C'est le patron qui rentre chez lui et il dit à sa femme :
– C'est incroyable, les ouvriers me réclament une diminution de salaire !
– C'est formidable !
– Mais non, andouille ! C'est mon salaire à moi qu'ils veulent diminuer !

L'antidote

Vous savez la différence qu'il y a entre le travail et le chocolat ?
C'est pas dur ! Le chocolat constipe et le travail fait chier !

Table

Absurde 9
Alcool 55
Amour 65
Argent 115
Bêtises 143
Force armée 171
Idées 181
Politique 195
Racisme 207
Religion 225
Spectacle 235
Travail 241

Achevé d'imprimer en mai 2011, en France sur Presse Offset par
Maury-Imprimeur - 45330 Malesherbes
N° d'imprimeur : 164208
Dépôt légal 1re publication : novembre 1993
Édition 15 - mai 2011
LIBRAIRIE GÉNÉRALE FRANÇAISE - 31, rue de Fleurus - 75278 Paris Cedex 06

30/9655/9

Susan and
Mo,

a year of good drinking

52
WINE LESSONS

with love,

Sally

Publisher John Fairfax Publications Pty Ltd

Editor Kirsten Galliott

Author Sally Gudgeon

Cover design and internal page layouts Mary Louise Brammer

Cover Photography Marina Oliphant; styling by Lisa Chivers

Internal Photography Margaret River section photos by Andrew Quilty (p155) and Jessica Hromas (p157). Other Images used in the editorial sections of this book are supplied by Tourism Victoria (Rutherglen, Yarra Valley, Mornington Peninsula, Wine Regions title page), Tourism NSW (Hunter Valley), South Australian Tourism Commission (Coonawarra, McLaren Vale, Barossa, Clare Valley, Wine Lessons title page) and Tourism Tasmania.

Managing Editor, Fairfax Books Michael Johnston (02) 9282 2375

Senior Product Manager, Fairfax Enterprises Linda MacLennan (02) 9282 3054

Publishing Manager, Fairfax Enterprises Stephen Berry (03) 9601 2232

General Manager, Fairfax Enterprises Lauren Callister

Printed in Australia through The Australian Book Connection

ISBN: 1 921190 37 X

52 WINE LESSONS

a year of good drinking

Sally Gudgeon

Fairfax Books

CONTENTS

Introduction		6
Wine Lessons		
Lesson 1	Good bubbles don't have to be French	10
Lesson 2	Riesling doesn't have to be sweet	12
Lesson 3	Sparkling shiraz is uniquely Australian	14
Lesson 4	Opened wine can keep	16
Lesson 5	Pinot noir needn't break the bank	18
Lesson 6	Only decanting lets wine breathe	20
Lesson 7	Not all cask wine is bad	22
Lesson 8	Sauvignon blanc can be complex	24
Lesson 9	Hunter semillon ages beautifully	26
Lesson 10	Alcohol levels in wine vary enormously	28
Lesson 11	Gewürztraminer likes Asian food	30
Lesson 12	There are some good merlots around	32
Lesson 13	Sometimes reds can be chilled	34
Lesson 14	Tempranillo is not just for fortified wines	36
Lesson 15	Rosé comes in many styles	38
Lesson 16	Shiraz blends are food-friendly	40
Lesson 17	Fungus can create delicious wine	42
Lesson 18	The right glass will enhance the taste of your wine	44
Lesson 19	Tassie makes other reds apart from pinot	46
Lesson 20	Rhône-style whites are a growing trend	48
Lesson 21	Some foods are difficult to match to wine	50
Lesson 22	Screw caps are good news	52
Lesson 23	Sherry isn't so old-fashioned	54
Lesson 24	Sangiovese isn't only from Italy	56
Lesson 25	There's more to wine than grapes	58
Lesson 26	Terroir only sounds pretentious	60
Lesson 27	Not all sparklers are equal	62
Lesson 28	Verdelho is back in style	64
Lesson 29	Tannins help wine age	66
Lesson 30	Pinot gris is truly international	68
Lesson 31	Enjoy the freshness of unoaked chardonnay	70
Lesson 32	Clones are an important part of viticulture	72
Lesson 33	Pinot meunier is a versatile grape	74

Lesson 34 Grenache is back 76
Lesson 35 Sherry ages in butts 78
Lesson 36 Look out for the tar 'n' roses in nebbiolo 80
Lesson 37 Red wine doesn't always go with cheese 82
Lesson 38 Dried grapes are the new classic 84
Lesson 39 Durif will cellar long-term 86
Lesson 40 Viognier goes with many food styles 88
Lesson 41 Spanish reds are food-friendly 90
Lesson 42 Gamay is not pinot noir's poor cousin 92
Lesson 43 Riesling ages beautifully 94
Lesson 44 Zinfandel comes in many styles 96
Lesson 45 Oak can enhance wine 98
Lesson 46 Muscat can go with savoury food, too 100
Lesson 47 Petit verdot has a new life in Australia 102
Lesson 48 Don't be put off by crown seals on sparkling wine 104
Lesson 49 Blending is an essential part of winemaking 106
Lesson 50 Australian arneis can be very appealing 108
Lesson 51 Wine and chocolate aren't always enemies 110
Lesson 52 Cabernet sauvignon can be good value 112

The Regions
Map 116
Hunter Valley 118-121
Rutherglen 122-125
Yarra Valley 126-129
Mornington Peninsula 130-133
Tasmania 134-137
Coonawarra 138-141
McLaren Vale 142-145
Barossa 146-149
Clare Valley 150-153
Margaret River 154-157

Index 158-160

INTRODUCTION

Many weighty tomes have been written about wine. This is not one of them. These lessons are aimed at taking the whine out of wine with useful tips on different styles, emerging varieties, serving, jargon and matching food.

Wine should add to your enjoyment of life, not burden you with pomp and pretension. The best and most memorable bottles are not necessarily the most expensive or the most prestigious, but rather the ones you share in joy and laughter with friends or lovers.

Hopefully, this book will help you make your own choices about wine. The best tip is to be confident and trust your own palate.

The most difficult aspect in compiling this book has been the limitation of choosing only 10 Australian wine regions. My final choice included those that are home to the most classic styles. They are also interesting regions to visit because they have all the associated wine tourism infrastructure, such as great produce, good restaurants, comfortable accommodation, local festivals and scenic attractions other than the winemakers. They also offer a special vibe that makes a visit memorable.

Happy reading and happy drinking!

Sally Gudgeon

Please note that I took the decision not to include vintages on any of the wines, as they are often not available by the time the book is printed, so be aware that there can be considerable variation between vintages. Also, prices quoted are only approximate, and do vary enormously.

WINE LESSONS

WINE LESSON

01

Good bubbles don't have to be French

It's common in Australia to use the name "champagne" for all sparkling wine, regardless of its origin. But the term should be used only for the bubbles that come from the Champagne region of north-eastern France. These French wines have little in common with cheap Aussie sparklers that are made in a similar way to soda water. At the other end of the scale, however, Australia produces some topnotch fizz, particularly from cooler areas such as Tasmania and the Yarra Valley. Like their French counterparts, the best Australian versions are expensive to make because they require time and skill. One of the key winemaking roles is blending all the different base wines (usually chardonnay, pinot noir and pinot meunier) to ensure balance and complexity. When making a non-vintage wine, it is important to maintain a consistent house style from year to year.

Jansz Premium NV Cuvée, $22

This multi-regional blend is composed of fruit from Tasmania (the largest batch), Victoria and South Australia. It's yeasty and nutty with green apple notes. The palate is delicate but powerful. Match it with smoked trout.

Clover Hill, $36

This is exclusively sourced from the Pipers River region in Tasmania, one of the top spots for sparklers in Australia. The nose is complex with hints of pear and bread. It's rich and balanced and has enormous finesse. Try it with an antipasto platter.

Chandon Vintage Brut, $30

Moet et Chandon makes sparkling wine all over the world but consider the Yarra Valley venture to be one of the best outside France. This has a rich nose with lemon, strawberry and brioche aromas that lead onto an elegant, well-balanced palate. Serve it with grilled fish.

WINE LESSON

02

Riesling doesn't have to be sweet

A good dry riesling is one of the most delicious drinks on earth, but as a variety it doesn't have the sex appeal it deserves. This is partly due to its history in Australia. It quickly gained popularity on its arrival here in the mid-1800s, but for the next century the word "riesling" defined a wine style rather than the grape variety, and the label included some inferior varieties. In the 1960s and '70s, riesling was the leading white variety. While some high-quality wines were made from it, riesling was more usually blended into sweet, bland cask wine. Mass-produced German wines made from riesling, such as liebfraumilch, did little to improve its reputation. If you're a sauvignon blanc drinker, it's worth trying a dry riesling. You'll be pleasantly surprised.

Nepenthe Hand Picked Riesling, $20

This elegant wine from the Adelaide Hills has notes of green apple and citrus that lead onto a dry-finishing palate with grapefruit and lime characters. Try it with lemon chicken.

De Bortoli Gulf Station Yarra Valley Riesling, $17

This riesling is all about texture and balance. The nose is perfumed with grapefruit and floral notes. It's long and flavoursome, with low acidity. Serve it with salt-and-pepper calamari.

Pettavel Evening Star Riesling, $18

This zesty Geelong drop is delicious. Its keynote is citrus. Look out for the aromas of lemon peel and blossom. The palate boasts lemon and apple flavours. Match it with grilled fish.

WINE LESSON

03

Sparkling shiraz is uniquely Australian

Originally known as sparkling burgundy, sparkling shiraz is one of the few truly unique Australian styles. The French produce some sparkling reds but in a different style and from different varieties. Its history in Australia dates back to the late 1880s, when Edmond Mazure made the first example in South Australia, followed a few years later by Hans Irvine at Great Western in Victoria. Sparkling shiraz had a chequered history before its revival in the 1980s. If you're planning Christmas get-togethers, this style goes well with roast poultry, as well as cold turkey or ham and salad. It is also a good match with summer berries and pastries. There are few drinks more festive than red bubbles. Serve it slightly chilled.

Seppelt Original Sparkling Shiraz, $18.50

Lots of gorgeous plum-jam and coconut-ice aromas on this sparkler. In the mouth, it's fresh and gutsy with dark berry flavours, a hint of sweetness and a dry finish. Try it with grilled duck.

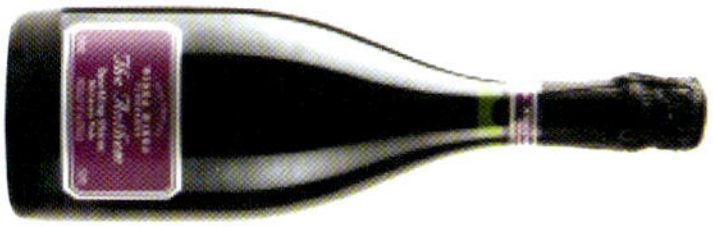

Wirra Wirra The Anthem Sparkling Shiraz NV, $24

Great value for a sparkler with material dating back to 1994. It's earthy and spicy with a hint of chocolate on the nose and palate, and fruit flavours. Serve it with pork ribs and plum sauce.

Cofield Wines Sparkling Shiraz T XIII NV, $28

A sparkling red with a crown seal, this is a lighter style that smells of blackberries and dark chocolate. It has a lick of sweetness but a savoury finish. Delicious with summer pudding.

WINE LESSON

04

Opened wine can keep

Some wines will keep longer than others once opened. If you replace the cork or screw cap and put them in the fridge, delicate whites (riesling, pinot grigio), light reds (pinot noir) and rosés will keep for 24 hours. More robust reds and whites (oaked chardonnay), sweet wines and vintage ports will last for up to four days. Fortified wines that have spent years maturing in barrels (muscat, tokay, oloroso sherry) will keep for about three months after opening. The best method, however, is to store leftover wine in washed out 315 ml soft-drink glass bottles. If you want to drink only one glass of wine from the bottle, use a funnel to decant the rest into two of these bottles immediately after opening, making sure you fill them to the top.

Primo Estate Merlesco Merlot, $15

This fresh, soft wine is so much fun, packed with juicy summer berry and spice flavours. It's a great wine to accompany an antipasto platter and can be served slightly chilled.

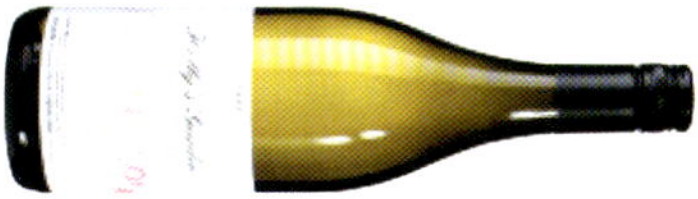

Holly's Garden Whitlands Pinot Gris, $22

This is Australian pinot gris at its finest. Look out for the delicate aromas of pear, honey and hay, which lead onto an elegant, complex and luscious palate. Match it with chilli prawns.

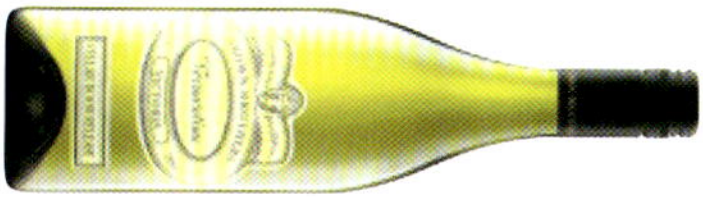

Brown Brothers Vermentino, $16

Brown Brothers likes to experiment with new grapes and this crisp, delicate wine is made from a Corsican variety. The nose has pear, peach and melon aromas. Try it with grilled trout.

WINE LESSON

05

Pinot noir needn't break the bank

Often referred to as the "heartbreak grape" because it is notoriously difficult to make into good wine, pinot noir must be grown in the right site in a cool-climate region. And yields are low, making it expensive to produce. But once it's in the winemaker's hands, there are numerous options: to de-stem, to whole-bunch press, to cold soak, to filter or to mature in oak. Burgundy in south-eastern France is the Holy Grail of pinot noir and the better wines from this region cost hundreds of dollars. Until recently in Australia, drinkable pinot noir under $30 was rare but this has changed. Pinot noir is versatile. Look for these aromas and flavours: cherry, plum, strawberry, spice, earth and truffle. It should have fine tannins, brisk acidity and a dry finish.

Caledonia Australis Mount Macleod Pinot Noir, $16

A lighter style with lively strawberry and raspberry characters, a hint of spice and sappy acidity. Chill slightly on a hot day and serve with a seafood platter.

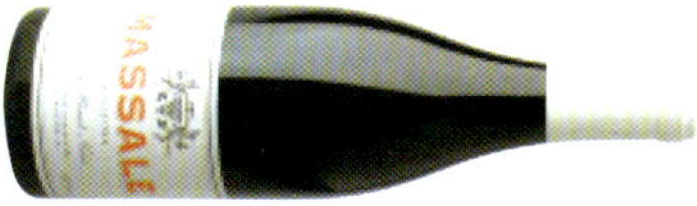

Kooyong Massale Pinot Noir, $25

This is Kooyong's second label and it is unbelievable value. A medium-bodied style with gorgeous cherry, spice and an appealing hint of earthiness. Serve with mushroom risotto.

Seville Estate Pinot Noir, $28

A more robust style, this pinot has plum and game aromas as well as some smoky oak and grippy tannins. The flavours are full and rich. Try it with squab or duck.

WINE LESSON

06

Only decanting lets wine breathe

It's pointless opening a red wine a few hours before you intend to drink it so it can "breathe". Only decanting will oxygenate a wine. Older reds with sediment benefit from decanting, as do some young gutsy ones. If you don't have a decanter, use a jug, but it must be clean and odourless. When decanting a mature red, keep it in an upright position for a day so the sediment falls to the bottom. Then, pour in one continuous movement into the decanter, until the deposit starts to collect in the neck of the bottle. Use a strong light to keep an eye on the sediment. If you don't have time for the bottle to sit first – or want to drain the last dregs – pour the wine through a coffee filter or piece of muslin. This will also remove any stray bits of cork. Decant fully matured wines just before serving.

Bobbie Burns Shiraz, $21

If you plan to drink this now – not cellar it for up to 10 years – decant it so you maximise the soft flavours of mulberries and plum with spicy oak. Serve it with char-grilled steak.

Majella Coonawarra Cabernet Sauvignon, $35

This will cellar for 10 years but if you drink it now decanting will bring out the blackcurrant and redcurrant aromas, spice and vanilla. Try it with beef stir-fry.

Tim Adams The Fergus, $24

This is a voluptuous blend of grenache, shiraz and cabernet franc, with oodles of spice and mellow berry flavours. Drink it now or cellar for up to 10 years. Match with Greek-style roast lamb.

WINE LESSON

07

Not all cask wine is bad

If you're buying wine on a budget, cask wine is usually a better option than cleanskin. There's a common perception that all cleanskins are great value and that they contain quality wine that's being sold off because of the grape glut. However, while some are very good – especially if a reputable retailer has selected and branded them – a lot of poor-quality wine is dumped via cleanskins. On the other hand, cask wine has to be consistent because it is a branded product. In Australia, 53 per cent of all wine is sold in the cask. One of the good things about cask wine is that once it is opened it will stay fresh for up to three months. And while the downside is that a box doesn't look great on the table, you can always decant it.

Banrock Station Semillon Chardonnay (two litres), $14.50

This lively blend is fresh, crisp and fruity. It has hints of peach, melon and citrus and the palate is smooth and creamy with no shortage of sweet fruit flavours. Match it with chicken kebabs.

Yalumba Riesling (two litres), $15.75

Excellent varietal character comes through in this quaffable cask wine. It has citrus aromas and the palate is fresh, vibrant and clean with a pleasant tang at the end. Try it with pan-fried fish.

De Bortoli Premium Cabernet Merlot (four litres), $14

This wine contains lots of ripe, sweet blackberry and plum characters on the nose and palate. It's very soft and easy to drink, and there's a hint of spiciness, too. Serve it with snags.

WINE LESSON

08

Sauvignon blanc can be complex

Sauvignon blanc is well known for producing steely, fresh wines with tropical fruit and herbaceous aromas, such as those found in New Zealand's Marlborough region. But it can also have flinty, mineral or gooseberry characters depending on where it's grown and how it's made. Sauvignon blanc is a cool-climate grape and if grown in a warm climate it can smell like canned asparagus and lack acidity. Different winemaking techniques – such as the use of wild yeast, barrel fermentation instead of stainless-steel tanks and the stirring in of lees – add complexity. Some producers also age the wine in oak for a few months. This can add a slightly smoky, gunpowder character. The vibrant, unoaked styles go with spicy food and the barrel-fermented wines are perfect with goat's cheese and asparagus.

Sabotage Sauvignon Blanc, $18

This is a barrel-fermented style with lees contact that spends six months in French oak. It has hints of herbs and grass on the nose, as well as excellent texture and depth. Serve it with oysters.

Cloudy Bay Te Koko Sauvignon Blanc, $45

This richly textured wine has the lot: barrel fermentation with indigenous yeast, lees contact and ageing in oak. Look for almonds, lychees, smoke and nut aromas. Delicious with fish and chips.

Christian Salmon Pouilly-Fume Clos des Criots, $39

In this subtle, elegant wine a distinctive flintiness underscores green gage plums and gooseberries. Try it with baked red capsicums stuffed with goat's cheese.

WINE LESSON

09

Hunter semillon ages beautifully

Semillon arrived in the Hunter Valley in the 1830s. For a while it suffered under confusing aliases – chablis, hock, white burgundy, riesling – but it now stands tall, name intact, as one of the world's most remarkable wines. Two styles are made: zesty, drink-now wines and those made to age. In their youth, the latter can be watery and tart because they are picked early with searing acidity. But they mature splendidly over about 10 years. Over the first five, the colour becomes green-gold and characteristics of lemon-curd-on-toast, herbs and honey appear. Without any oak influence, the wines become unctuous, buttery, rich and complex, with hints of cashew nuts, figs and mineral acidity. The ugly duckling is now a swan.

Capercaillie Semillon, $19

The exquisite rewards of age show in this wine. It has toasty citrus aromas with herbs and honey, too, plus vibrant, lip-smacking acidity. Drink now or cellar for five years. Try with celeriac soup.

McWilliam's Mount Pleasant Elizabeth Semillon, $18

This perennial classic is rich and multi-layered, with flavours of nuts, figs, biscuit and honey. Drink now or cellar for 10 years. Delicious with chilli crab.

Tyrrell's Reserve Stevens Semillon, $24

This is beginning to hit its straps. Aromas of lemon zest, grass and mineral lead to a lively, flinty palate. Match it with sang choy bao.

WINE LESSON

10

Alcohol levels in wine vary enormously

The amount of alcohol in a glass of wine can vary enormously. During the past decade, levels in Australian wine have been creeping up and it's not uncommon for some chardonnays to have 13-14 per cent alcohol. Many blockbuster shirazes are about 15-16 per cent, which is near the level of fortified wines. And alcohol content can vary by up to 1.5 per cent from what's on the label. A few degrees of alcohol may seem neither here nor there, but it all adds up. A glass of shiraz at 16 per cent will make you significantly more intoxicated than a glass of German riesling at 8 per cent. In the warmer months, it is far more refreshing to drink a lighter-style wine. All of the wines here have some residual sugar, but don't let this put you off – many big shirazes are not entirely dry, either.

Vinicola Uvis Fragolino Vivo (9.5 per cent alcohol), $20

Few sparkling reds are this much fun. The name comes from *fragola*, the Italian word for strawberry, and that is what you will smell when you put your nose in the glass. Serve it chilled with antipasto.

Dr Loosen Bernkasteler Lay Riesling Kabinett (7.5 per cent alcohol), $28

This is an exceptional wine from an exceptional vintage for German rieslings. It has sweet, opulent, tropical fruit, racy acidity and a bone-dry finish. Try it with shellfish.

Brown Brothers Moscato (6 per cent alcohol), $15

With its sweet, grapey fruit-and-musk flavours, this wine is an excellent Australian take on a sparkling Italian classic. Brown Brothers also makes a sweet frizzante red style called Cienna.

WINE LESSON

11

Gewürztraminer likes Asian food

It's a mouthful to pronounce (ge-verts-traminer) but this wine, with its distinctive aromas and flavours, is worth getting to know. It's also known as traminer (*gewürz* means spice in German). Pour a glass and enjoy the perfume – lychees, musk, rose petals, lavender and sometimes passionfruit will leap out at you. On the palate, it should have some spicy flavours, a rich, silky texture, good acidity and a clean, fresh finish. It is usually unoaked and this makes it an excellent choice for both spicy and delicate foods because oaky wines can overpower certain food styles. It also has juicy acidity, which lifts delicate flavours and tames powerful ones. So, instead of reaching for a beer to go with Asian or Mexican food, reach for a glass of gewürztraminer.

Taylors Gewürztraminer, $18

This is floral-scented with hints of passionfruit. A crisp, refreshing wine with a zing of acidity. For maximum fireworks, sip it with a hot tandoori dish.

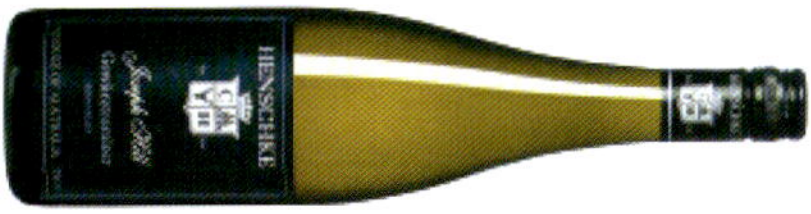

Henschke Joseph Hill Gewürztraminer, $28

A textbook example, this gewürztraminer has compelling scents of potpourri and lychees, and spice and pear flavours. Delicious with Thai food.

Mantons Creek Gewürztraminer, $35

It smells of pears poached in cinnamon and rosewater and is delicate, fresh, richly textured and beautifully balanced. Try it with sushi.

WINE LESSON

12

There are some good merlots around

"If anyone orders merlot, I'm leaving!" wine snob Miles proclaims to Jack in the film *Sideways*. There is some bad merlot around – much of it from the US, where the variety is synonymous with quaffing "jug" wine. However, if grown in the right place and made by the right hands, merlot grapes make good wine. Bordeaux, Pomerol and St Emilion produce complex, subtle merlots. In Australia, the better merlot regions are the Adelaide Hills, Eden Valley, Coonawarra, Margaret River, Orange and the Yarra Valley. Look for characteristics such as mulberries, blueberries, plums, chocolate, herbs, tobacco and soft, fruity tannins. In blends, luscious, juicy merlot also softens the more austere cabernet sauvignon. It is, in fact, a marriage made in heaven. Miles and Jack, take note.

Jacob's Creek Merlot, $10

Don't spend too much on merlot unless you really know what you're buying. This drop is great value, with bright fruit and a touch of spice. Serve it with polenta and roasted vegetables.

Preece Merlot, $17

Another easy-drinking style with a delicious core of juicy plum and blueberry. It's silky with soft, plump tannins. Mushroom pasta complements it well.

Climbing Merlot, $19

A good example of how inviting merlot can smell – with hints of mulberries, blackcurrants, mint, briar and some leafiness. Try it with barbecued spare ribs.

WINE LESSON

13

Sometimes reds can be chilled

Chilling wine subdues its aromas and masks flaws while accentuating oak, acidity, bitterness and tannin on the palate. When a wine warms up, aromas, flavours and alcohol are released and the palate softens. The recommended temperatures for serving wine are: 6-10C for sparkling; 8-14C for white and rosé; and 14-20C for red. For the pedantic, a cellar temperature of 15-16C is best for reds. Ambient temperature plays a part, too. When it's hot, many reds benefit from chilling for about 30 minutes, which stops them from tasting overly alcoholic. Expensive chardonnay, aged semillon and white burgundy should not be served too cold – take them out of the fridge about 30 minutes before you serve them.

Henschke Julius Eden Valley Riesling, $23.50

Floral notes and lime zest on the nose and a crisp palate make this a good wine for chilling. It's delicious with a seafood platter.

Cape Mentelle Sauvignon Blanc Semillon, $24

Look out for the orange blossom and herb aromas of this classic style. In the mouth, zest citrus is balanced by a creamy texture. Match it with chicken kebabs.

Wirra Wirra Adelaide Hills Sauvignon Blanc, $21.50

The Adelaide Hills is emerging as an excellent area for sauvignon blanc, producing lean, zesty, lively wines like this excellent example. Serve it with freshly shucked oysters.

14

Tempranillo is not just for fortified wines

Tempranillo is to Spain what shiraz is to Australia. It's usually blended with other varieties: cabernet sauvignon, for example, in Ribera del Duero and graciano and grenache in Rioja. Tempranillo has been in Australia since the 1800s, but until recently was used mainly for fortified wines. Today, it is enjoying a new lease of life as a dry red and is being planted all over Australia. And it is being blended with shiraz, pinot noir, zinfandel, cabernet franc and cabernet sauvignon to make some highly individual wines. One of this variety's most appealing traits is its broad flavour spectrum. A young, unoaked tempranillo has fresh, vibrant berry flavours, while oak adds tobacco, spice, olives and leather.

Cascabel Joven Tempranillo, $20

Young and unoaked, this has the crunchy vitality of a raspberry icy-pole. The Spanish serve it slightly chilled in summer. Try it with *habas con jamon* (broad beans with cured ham).

Stella Bella Tempranillo, $27

This is a full-bodied, opulent style with juicy blackberry and blackcurrant flavours, and a lick of spicy oak. Try it with *riñones* (kidneys).

Pondalowie MT Tempranillo, $25

There are some vibrant fruit flavours in this tempranillo – layers of dark cherry, blackberry and sarsaparilla. It's a gorgeous mouthful. Delicious with *chorizo con higos* (chorizo with figs).

WINE LESSON

15

Rosé comes in many styles

A wine that has been unpopular here for many years, rosé is being rediscovered. It's a fun wine, great for sipping outdoors with a bowl of olives or smoked almonds, or with Mediterranean or Asian food. Rosé comes in a range of styles and hues, from pale onion-skin colours to shocking fuchsia, dry or sweet, light and refreshing to full-bodied and high in alcohol. Different grape varieties can be used – usually red but occasionally white – so there is a rosé for every taste. If you're male and think pink wine is not for you, reconsider. Many a big, burly winemaker has discovered that rosé is a refreshing alternative to beer after a hard day at the coalface.

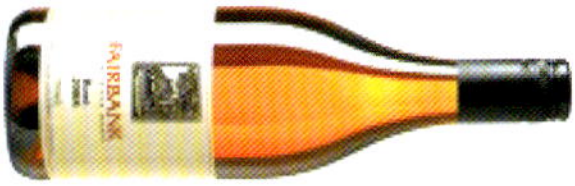

Sutton Grange Fairbank Rosé, $23

Pale and dry, this is made from merlot and shiraz using the saignee method: some of the juice is "bled" off the fermenting red grapes. Pack a picnic and head for the hills with this one.

Chivite Gran Feudo Rosado, $13

A wonderful grenache-based rosé from Navarra in northern Spain. It smells of summer pudding and, while it's bursting with fruit, it has a dry finish. Sip it with tapas.

Turkey Flat Rosé, $17.50

Made from a blend of varieties, which can change with the vintage: grenache, shiraz, cabernet sauvignon and dolcetto. It has bright raspberry and cherry characters, some mid-palate sweetness and a fresh finish.

WINE LESSON

16

Shiraz blends are food-friendly

Australians adore the Rhône Valley's most famous grape, syrah, which we call shiraz. In southern Rhône, it is usually mixed with other varieties such as grenache and mourvedre (also known as mataro or monastrell) to make the famous wines of Châteauneuf-du-Pape, Gigondas and Vacqueyras. The Côtes-du-Rhône wines are blends of these varieties, too. In Australia, we pay homage to this style with the grenache-shiraz-mourvedre (GSM) blends. In the cooler climate of the northern Rhône, a common practice is to add small amounts of white varieties, usually viognier, to shiraz. This style has been adopted in Australia, too, with varying results. Too much viognier can overdo the apricot and floral aromas but a little touch fleshes out the texture. These wines are delicious with Mediterranean food.

E. Guigal Côtes-du-Rhône, $25

A shiraz, grenache and mourvedre that has clean, bright fruit but is more restrained than most Aussie examples of this blend. It goes well with a steak sandwich.

Penfolds Bin 138 Old Vine Grenache Shiraz Mourvedre, $23

Old vines yield less but their fruit is full of flavour, as seen in this wine. Lots of spice and liquorice flavours. Try it with cotechino (Italian pork sausage) and lentils.

Terra Felix Shiraz Viognier, $15

This Tallarook wine embodies a delightful perfume of spice and black pepper. The palate, which has soft tannins and vibrant fruit, is seamless. It's a food-friendly wine – delicious with vegetable lasagne.

WINE LESSON

17

Fungus can create delicious wine

Botrytis, a fungus that affects grapes, can be a curse or a blessing. In its malevolent form – known as grey rot – botrytis infects damaged or unripe grapes, reducing quality and yields. In its benevolent form – known as noble rot – it's magical. When weather conditions are favourable, it affects healthy, ripe white grapes. It desiccates and shrivels them – concentrating sugar, acid and flavour – to produce some of the world's longest-living and most expensive and rare sweet wines. Botrytised wines are costly because they are hard to make. Grapes are picked by hand and they yield only small quantities of viscous juice, which is difficult to press and unpredictable to ferment. The best examples have wonderful marmalade, dried fruit and toffee-honey flavours that are balanced by racy acidity.

Tokaji Aszu 5 Puttonyos (250ml), $30

Louis XV described the Hungarian Tokaji as "the wine of kings and the king of wines" and this intense, beautifully balanced wine is certainly majestic. It's delicious with rich paté.

Brown Brothers Patricia Noble Riesling (375ml), $26

It smells like toast and marmalade but it has flavours of butterscotch, honey and caramel, with a refreshing zing of acidity. Match with crème brûlée.

McWilliam's Limited Release Riverina Botrytis Semillon (375ml), $24

A wine typical of the Riverina region, with dried apricot and toffee aromas and a syrupy palate balanced by bitter marmalade flavours. Serve with taleggio or blue cheese.

18

The right glass will enhance the taste of your wine

A well-designed glass works in harmony with your palate, directing the wine to different zones of the tongue. The back and underside are sensitive to bitterness and astringency and the tip to sweetness. A glass with a slightly flared rim channels the wine to the tip of the tongue, bringing out mellow fruit flavours. Tulip-shape glasses direct wine to the centre of where the fruit and acid are most in balance. The rim is important, too: a rolled edge sends the flow of wine to the sides of the tongue, emphasising acidity. A bigger glass suits young wines because it has a larger surface area to aerate the wine. A small glass is preferable for very old wines with delicate aromas. A good all-purpose glass? I like the Riedel Vinum Chianti Classico.

Moorilla Estate White Label Riesling, $28

This exceptional wine starts with a hint of sweet fruit but finishes with a savoury tang. In between is a rich, textured palate. Try it in a medium glass with a gently curved bowl. Goes with green curry.

Chestnut Hill Chardonnay, $27.50

This is for those who like their chardonnay racy, taut and savoury. Its character comes out best when it's served in a medium tulip-shaped glass – with seafood risotto.

Toolangi Pinot Noir, $37

Dark cherry, spice and a whiff of truffles lead onto a well-balanced, silky palate with good length. Savour it in a large glass shaped like a traditional brandy snifter. Good with Peking duck.

WINE LESSON

19

Tassie makes other reds apart from pinot

As one might expect from our coolest viticultural region, Tasmania produces some excellent pinot noir. But mention cabernet sauvignon and merlot and many wine enthusiasts shudder. These varieties have in the past produced thin, under-ripe, herbaceous wines. This was due to poor site selection, overcropping and inappropriate viticultural techniques. But while merlot and cabernet sauvignon will probably always lag behind pinot noir on the Apple Isle, things are looking up. Producers now realise the importance of site and microclimate. Then it is a matter of getting things right in the vineyard, with appropriate trellising and good canopy management. This ensures the grapes have maximum exposure to the sun to ripen fully. Good fruit means good wine.

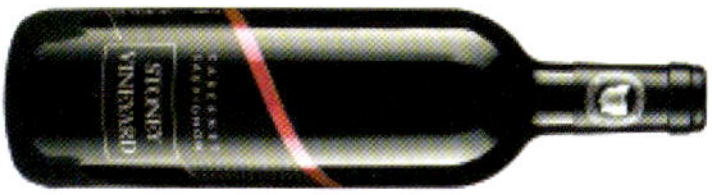

Stoney Vineyard Cabernet Sauvignon, $27

This second label from Domaine A is a Bordeaux-style wine. It has hints of cedar and tomato leaf and plenty of silky, ripe blackcurrant fruit. Match it with eye-fillet.

Notley Gorge Merlot Cabernet, $18

Fleshy merlot dominates the blend, backed up with rich, ripe cabernet. The price reflects the lack of popularity of these two varieties. Delicious with pasta with oven-roasted vegetables.

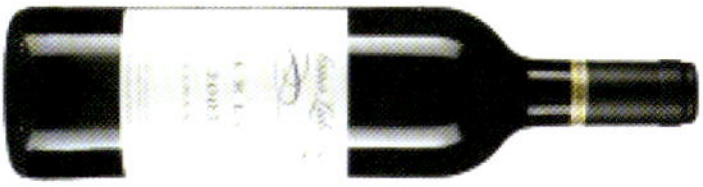

Stefano Lubiana Merlot, $27

There's also about 5 per cent cab sav in this blend. It has some lovely ripe berry flavour and a savoury finish. A polished wine with clever oak treatment. Try it with steak and mushroom pie.

20

Rhône-style whites are a growing trend

The wines from France's Rhône Valley are imitated around the world. With whites, it is usually viognier, marsanne and roussanne. The Australian "Rhône rangers" have their own style. Marsanne was first planted in Victoria at Tahbilk in the 1860s and the winery has vines dating back to 1927. Roussanne is often blended with marsanne to add a zing of acidity and a whiff of perfume. Viognier is a relative newcomer. It was first grown on Victoria's Mornington Peninsula in 1979 and in South Australia's Eden Valley a year later. But the Holy Grail of this variety is Condrieu, which produces fragrant, silky wines. Local examples still lack the finesse of their French counterparts, but they are fascinating, with aromas of dried apricots, ginger, pear, honeysuckle and orange blossom.

Tahbilk Marsanne, $12

Honeyed and delicate, with sweet-pea aromas and racy acidity, this wine cellars well and will develop a delicious lemon-curd-on-toast character. Try it with roast chicken.

Mitchelton Airstrip Marsanne Roussanne Viognier, $26

Honeysuckle aromas with apricot hints, a zesty palate and a lip-smacking, savoury tang make this an excellent food wine. It's delicious with pan-fried swordfish.

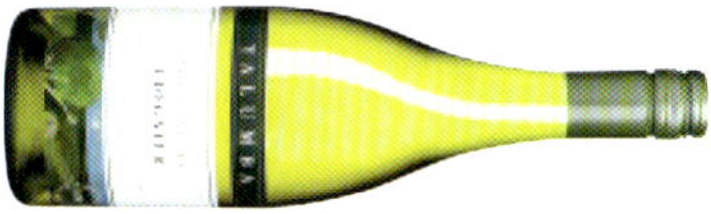

Yalumba Eden Valley Viognier, $20

This well-priced wine is an excellent introduction to the variety. Look out for apricot, orange blossom, musk and pear flavours. Match it with quail stuffed with grapes marinated in the same wine.

WINE LESSON

21

Some foods are difficult to match to wine

The best rule when matching wine with food is to open bottles, try different combinations and trust your palate. However, it's hard to find the right wines to go with dishes that contain vinegar, soy sauce, wasabi and chilli – ingredients commonly found in Asian cuisines. The best choice is an unoaked white such as riesling, sauvignon blanc, pinot gris, gewürztraminer or unwooded chardonnay. If you are cooking with wine vinegar or using it in a dressing, the best solution is to match its high acidity with a high-acid wine, as vinegar can flatten flavours. Some residual sugar in the wine helps, too. Tomato, another high-acid ingredient, goes well with sauvignon blanc, as do artichokes, which can overpower most wines.

Villa Maria Sauvignon Blanc, $16

A New Zealand white with a highly aromatic nose and notes of canned pineapple and pawpaw. It's tight, lean and prickles with acidity on the palate. Match it with artichokes in tomato sauce.

Shaw and Smith Sauvignon Blanc, $25

Vibrant tropical notes blend with mineral characters on the nose. Juicy fruit and some mid-palate sweetness in the mouth are perfectly balanced by racy acidity. Try it with tomato bruschetta.

Neudorf Pinot Gris, $32

A delightful pinot gris with aromas of poached quince, pear and hay. There's some voluptuous sweet fruit on the silky palate, which is low in acidity. Serve it with dishes that require soy sauce.

WINE LESSON

22

Screw caps are good news

Don't be put off by a screw cap (also called a Stelvin, the most commonly used brand). The daggy image of screw caps has been overturned and many top Australian producers are using them to seal their best wines; Southcorp is even trialling the method with its iconic Grange. For centuries wine has been sealed with a lump of bark known as cork, an inconsistent closure prone to problems such as TCA (trichloroanisole), which makes wine smell like wet cardboard, and random oxidation, which makes wine stale. It can also cause wines to lose aromas and flavours. Screw caps don't, however, remove faults in wine. If a wine is badly made, a bad cork is no longer an excuse! Screw caps are also easy to use – no more need for that corkscrew. All the wines here have a screw cap.

Dominique Portet Sauvignon Blanc, $22.50

A complex wine with a zing of citrus fruit and gooseberry, backed by a creamy textural palate. It is a great food wine – delicious with snapper or flathead.

Pirie South Riesling, $22

This tangy, floral riesling is from Tasmanian Andrew Pirie's range of unwooded wines. There's a hint of sweetness but it has a dry finish. Try it with Vietnamese food.

Main Ridge Estate Half Acre Pinot Noir, $48

One of the Mornington Peninsula's best pinots, with lively strawberry and cherry aromas and supple tannins. Drink it now with quail or leave it for five years – it will still be fresh and vibrant.

WINE LESSON

23

Sherry isn't so old-fashioned

Sherry has shaken off its association with great aunts and trifles to emerge as a sophisticated, versatile drink. Long abused on the labels of any old fortified grog, the name should be used only for the wines from the Sherry region of Andalusia in Spain. And there is a style to suit everyone. A crisp, chilled fino or manzanilla is a great aperitif. A nutty amontillado goes beautifully with cheese. A rich, full oloroso pairs with smoked meats or poultry and a luscious pedro ximinez or muscatel makes a fantastic dessert wine. Or try pouring Harvey's Bristol Cream over ice and adding soda water and a twist of orange. If buying a fino or manzanilla, check that it has been shipped recently. These wines must be consumed young and fresh so you can feel the breeze off the Atlantic.

Hidalgo Manzanilla La Gitana 500ml, $17

This sherry is dry, savoury and tangy. It's also available in 187ml stubbies, which are great for picnics. Delicious well-chilled with smoked almonds and olives.

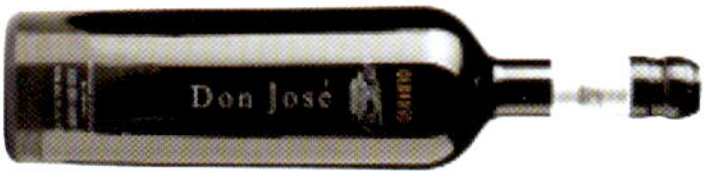

Sanchez Romate Don Jose Oloroso 750ml, $38

This oloroso is full-bodied, earthy, smoky and complex with mellow, nutty flavours that linger. Try it at room temperature with kangaroo or venison.

Lustau San Emilio Pedro Ximenez 375ml, $25

Made from sun-dried pedro ximenez grapes, it's so thick that it oozes into the glass like treacle and smells of molasses and Christmas cake. Pour it chilled over vanilla ice-cream.

24

Sangiovese isn't only from Italy

The blood of Jupiter or *sanguis Jovis* (which is where the name sangiovese comes from) courses through the veins of some of Italy's noblest red wines, including Chianti Classico, Brunello di Montalcino, Vino Nobile di Montepulciano and many of the super-Tuscans. However, it is also responsible for some very ordinary drops, typically the mass-produced chiantis clad in raffia. In Australia, sangiovese is the most widely planted Italian varietal, with its stronghold in Victoria's King Valley. It is well suited to blending with varieties such as canaiolo, cabernet sauvignon and merlot, which help boost its colour and flesh out the palate. With its high acidity, savouriness and lip-smacking dryness, sangiovese not only complements food, it demands it. Buon appetito!

Carpineto Dogajolo, $15

This blend of 80 per cent sangiovese and 20 per cent cabernet sauvignon is great value. It has bright fruit and soft tannins but its keynote is savoury. Pair with braised ox cheeks and polenta.

Rosemount Estate Diamond Label Sangiovese, $14

Made by young talent Briony Hoare, this has vibrant cherry aromas that lead onto a daring palate, which is earthy and dry. Delicious with pasta in a game sauce.

Pizzini Sangiovese, $24

The Pizzinis are one of many wine families in the King Valley. This is one of their best wines. It is complex, savoury and well structured, with firm tannins. Serve with Italian sausages and lentils.

WINE LESSON

25

There's more to wine than grapes

What goes into a wine apart from grapes? Many different products are permitted for use and if any remain in the finished wine it will be only in infinitesimal amounts, but they must be declared. Egg whites and isinglass (fish bladder) have been used to clarify wine for centuries. Although the main preservatives in wine are alcohol and tannin, sulphur dioxide is added to prevent bacterial spoilage and oxidation. Ascorbic acid (vitamin C) is an antioxidant that's also added to whites. Another issue is good vineyard and winery practice. Careful fruit handling and scrupulous hygiene reduce the need for additional preservatives. It's worth noting that organically or biodynamically grown grapes don't have any contact with pesticides, fungicides, herbicides or chemical fertilisers.

Botobolar Chardonnay, $16

One of our first organic vineyards, Botobolar uses very few preservatives in its wines. This delicious chardonnay has aromas of nectarines and white peaches. Try it with cauliflower soup.

Temple Bruer Grenache Shiraz Viognier, $17.50

A classic Rhône blend from another well-established organic vineyard, this wine has juicy fruit flavours including a touch of apricot. Serve it with shepherd's pie.

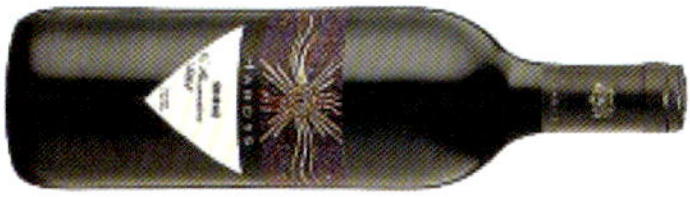

Hardys No Preservatives Added Cabernet Sauvignon, $15

Hardys has released three preservative-free wines: chardonnay, shiraz and cabernet sauvignon. All are produced without sulphur dioxide. Good with goulash.

WINE LESSON

26

Terroir only sounds pretentious

Derived from the French word for soil, the term *terroir* has no exact English translation. It's a word that's used to describe the subtle interplay between a vineyard's site, aspect, hydrology, topography, microclimate, soil and bedrock. The combination of these factors gives a unique character to the grapes and hence the wine. The best way to identify different terroirs is to taste wines made from the same grape variety and produced in the same way, but which come from grapes grown in a different region or on a different site in the same region. Look out for the differences in minerality on the nose and palate – is the wine flinty or chalky? Luckily, you don't have to be French to experience the *gout du terroir* (taste of the soil) in the following wines.

Howard Park Scotsdale Cabernet Sauvignon, $35

The Scotsdale is from the Great Southern region of Western Australia. Compare it to the Howard Park Leston Cabernet from Margaret River.

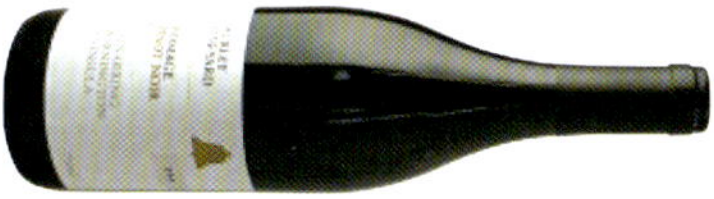

Hurley Vineyard Homage Pinot Noir, $38

Pinot noir is one of the most expressive varieties and shows the differences in terroir clearly. Compare this one with an earlier Hurley Vineyard Pinot Noir.

Kooyong Faultline Chardonnay, $60

Compare the richness and power of this wine from the Faultline vineyard with the leaner, racier palate on the chardonnay release from Kooyong's Mosaic vineyard.

WINE LESSON

27

Not all sparklers are equal

Different methods are used to make bubbly. The best-quality sparklers are made using the classic method (also known as the champagne or traditional method) where the wine develops bubbles by undergoing a secondary fermentation in the bottle. The wine is then cellared on its lees (dead yeast cells; sediment) to develop complexity, during which time it is riddled (tilted downwards and constantly rotated). After freezing the neck of the bottle, the sediment that has collected there is easily disgorged when the crown seal is removed. The wine is then topped up with a dosage (a mixture of wine and sugar) and re-corked. A more commercial way is to provoke secondary fermentation in a tank. The cheapest method of all is to pump carbon dioxide into still wine, a bit like making lemonade.

Lanson Black Label Brut NV, $50

It's worth splashing out on the real thing from time to time and this champagne is excellent value for money. It has aromas of toast, citrus, apple and pear with impressive length and balance. Match it with pan-seared tuna.

Yarrabank Cuvée, $32

Yering Station has a joint venture with French champagne house Devaux and this exceptional traditional-method sparkler is fresh, complex and superbly balanced. Serve it with smoked-salmon blinis.

De Bortoli Sacred Hill Brut Cuvée NV, $6

Fresh and uncomplicated, this is the perfect budget sparkler. Drink it by itself or add peach nectar or creme de cassis to make interesting cocktails. Try it with mini quiches and party nibbles.

WINE LESSON

28

Verdelho is back in style

In Victorian England, it was customary to drink madeira with madeira cake. While this fortified Portuguese wine is no longer fashionable, the grape from which it is made, verdelho, has found new life in Australia as a table wine. It arrived here in the 1820s and is now grown in 35 regions, notably the Hunter Valley in NSW and Langhorne Creek in South Australia. If you like chardonnay, chances are you'll like verdelho. Its flavours vary according to where it is grown and when it is picked, but when fully ripe it has honeysuckle, pineapple and guava aromas and flavours. Picked early, it shows more grassy and citrus characters. Barrel fermentation gives it a creamy texture and more complexity, but even without oak it's a vibrant, fruit-driven wine. Try it with Asian food, chicken, pork, veal and seafood.

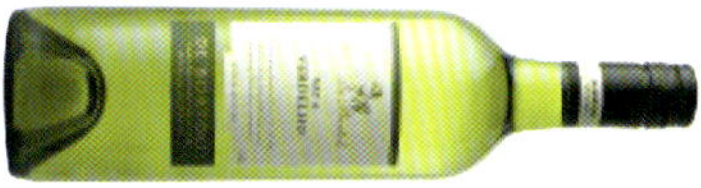

Deen De Bortoli Vat 6 Verdelho, $11

This great-value wine has an inviting honeysuckle perfume mingled with tropical fruit. It has a creamy texture cut with good acidity and luscious fruit. Try it with chicken kebabs.

Moondah Brook Verdelho, $14

This has a tropical nose with passionfruit, pawpaw and pineapple aromas. In the mouth it's full-bodied with lots of flavour and some sweet fruit. Team it with roast capsicum salad.

Cockfighter's Ghost Verdelho, $18

A vibrant, zesty style, this has hints of guava, melon, spice and lemon. It also has an expressive fruit-driven palate and a dry finish. Match it with Thai green curry.

WINE LESSON

29

Tannins help wine age

Tannins are phenolic compounds found in the skins, stems and seeds of grapes. When red grapes ferment in contact with their skins, tannins are extracted, giving red wine structure, texture, flavour and the capacity to age. When wine ages in the bottle, the tannins polymerise, which means that they join together and fall out of solution, forming sludgy sediments. If a wine is aged in oak, it also becomes infused with wood tannins. Tannin management is crucial, as picking under-ripe red grapes can result in bitter green tannins. Winemaking techniques can increase or decrease the amount of tannin. Sometimes it is even added in powder form. Low-tannin reds should be drunk young, whereas a wine destined for cellaring should have them in abundance.

Katnook Founder's Block Coonawarra Cabernet Sauvignon, $20

An appealing cabernet with classic mint and blackcurrant aromas. The palate is very harmonious, with good fruit definition and fine-grained tannins. Match it with lamb chops with pesto.

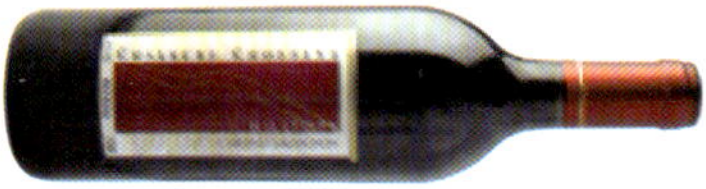

Chalkers Crossing Hilltops Cabernet Sauvignon, $25

An elegant cabernet with lots of blackcurrant and cedar on the nose. It's rich and full with chewy tannins pushing out the length. Serve it with eye-fillet.

Shadowfax Werribee Shiraz, $31

This wine shows shiraz at its best with a full palate of spicy black pepper and concentrated fruit. The tannins are robust, adding structure and texture. Drink now or cellar for three years. Delicious with roast pork.

30

Pinot gris is truly international

Until recently, pinot gris was a strictly European variety, known as pinot grigio in Italy, tokay d'Alsace or pinot gris in France and grauburgunder or ruländer in Germany. It is also planted in Austria, Slovenia, Moravia, Russia, Moldova and Romania. The New World has wholeheartedly embraced this variety, resulting in some exciting wines, generally named pinot gris or pinot grigio. The gris style harks back to the French method of picking the grapes later so they have richer, spicier flavours. With grigio, the grapes are picked earlier, with higher acidity producing a racy, zesty wine. The variety does not have highly assertive flavours so it marries well with a vast range of food styles, one reason for its growing popularity.

Bollini Pinot Grigio, $19

This classic Italian pinot grigio has aromas of spring flowers, citrus on the nose and a crisp, zesty palate with a touch of minerality. Serve it with spaghetti carbonara.

Carrick Pinot Gris, $31

A New Zealand pinot gris with aromas of pear, apple and potpourri, this is richly textured in the mouth with a clean finish. Match it with Thai green curry.

Trimbach Pinot Gris Reserve, $30

From Alsace, this pinot gris has aromas of apricots, cloves and hay. The palate is rich and creamy with subtle fruit flavours and a dry, firm finish. Try it with onion tart.

WINE LESSON

31

Enjoy the freshness of unoaked chardonnay

Chardonnay and good-quality oak are a great combination. We have become so accustomed to it that we often describe the oak flavours (buttery, nutty and toasty with hints of vanilla) rather than the grape itself. To experience the pristine fruit flavours of chardonnay, it's worth trying an unwooded style – also considerably cheaper. There's a tendency to make unwooded chardonnays from cool-climate fruit. These wines have freshness, delicacy, a lively acidity and aromas of citrus, apple, stone fruit and pear. Those from warmer climates have more tropical-fruit characters. Chardonnay made without oak is infinitely preferable to one made with inferior oak products, such as chips, staves and oak powder.

Poet's Corner Unwooded Chardonnay, $10

This contains hints of tropical fruit with a grassy edge. The fruit carries through to the palate, which has flavours of peach, guava and nectarine. Try it with Moroccan-style chicken.

Evans & Tate Gnangara Unwooded Chardonnay, $10

Juicy and fresh with some gorgeous white peach, banana and honeydew aromas. It's zesty and lively with a zing of citrus. Goes well with grilled snapper.

Wirra Wirra Sexton's Acre Unwooded Chardonnay, $15

Not quite chardonnay in the nude as it contains about 5 per cent viognier, giving added aroma and texture. A vibrant, easy-to-drink wine. Match it with nasi goreng.

WINE LESSON

32

Clones are an important part of viticulture

Clones are sub-varieties within a grape variety. They are vines derived by asexual propagation from a single mother vine, which is selected for aroma, flavour, productivity, adaptability to growing conditions and resistance to disease. They are usually referred to by a number, such as MV6 (pinot noir) or SA1654 (shiraz). Wine grapes have multiple clones – pinot noir, for example, may have as many as 1000 worldwide. While some clones are themselves superior, the quality of wine a clone produces is also dependent on where and how it is grown. With varieties such as pinot noir, most winemakers find that growing and blending clones creates a more complex, balanced wine. Choosing superior vines and taking cuttings for propagation is called clonal selection.

Printhie Merlot, $15

It's good to see impressive results from the newer merlot clones, in this case Q4518. Look for voluptuous blackberry fruit on the nose and palate, and soft tannins. Match it with spare ribs in barbecue sauce.

Kooyong Clonale Chardonnay, $24

Kooyong has 10 chardonnay clones planted. This elegant wine has aromas of citrus and pear. The palate has hints of honeydew melon and a dry finish. Serve it with grilled flathead.

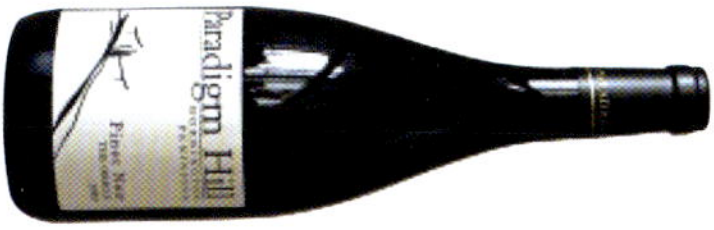

Paradigm Hill The Oracle Pinot Noir, $39

This blend of the popular MV6 and 115 is a superbly crafted, earthy pinot noir with a well-structured palate, complex fruit and a savoury finish. Try it with lentils and cotechino sausage.

WINE LESSON

33

Pinot meunier is a versatile grape

Pinot meunier takes its name from the French word for miller, because the underside of the leaves look as if they've been sprinkled with flour. When it was first brought to Australia in the 1800s, pinot meunier was known as Miller's Burgundy. Like pinot gris, pinot meunier is a mutation of pinot noir. In the Champagne region of France, it's a common component of bubbly because it adds vitality and a fruitiness to the chardonnay, as well as the weight and structure of pinot noir. This blend has been copied around the world to make sparkling wine but the variety has a long history here as a still wine, too. Best's winery in Victoria has vines that are more than 100 years old. On the Mornington Peninsula, pinot meunier was first planted to make sparkling wine, but now produces some appealing rosé styles, as well as reds.

Orlando Trilogy Brut NV, $12

This well-priced sparkler is a blend of pinot meunier with the other two classic French varieties. It has a fruity nose, good acid and balance, and a hint of creaminess to finish. Try it with smoked salmon.

Winbirra Pinot Rosé, $18

Gorgeous cherry and strawberry aromas mark this rosé that's made with 70 per cent pinot meunier. It has lots of berry characters and a tangy dry finish. Don't over-chill. Ideal with barbecued prawns.

Rahona Valley Pinot Meunier, $20

Redcurrants and hints of spice lead onto a well-balanced palate, which has luscious berry and plum flavours, and a savoury finish. Delicious served with salade nicoise.

WINE LESSON

34

Grenache is back

The most widely planted red grape in the world. In Spain, where it originated, grenache is known as *garnacha tinta*. In Italy, it's called *cannonau*. Until the 1960s, it was the most planted red grape in Australia and, as in the rest of the world, it was overcropped and produced some forgettable plonk, best consigned to the spittoons of history. Low-yielding ancient bush vines, however, can make spectacular wines – complex, intense and long-lived – with notable examples coming from Spain and South Australia. In a good grenache, you'll find aromas of spice, plum, berry and chocolate. It is also frequently blended with shiraz and mataro (also known as monastrell or mourvedre) in the classic Rhône style. And it makes delicious rosé.

Pepperjack Grenache Rosé, $22

Aromas of raspberry and cherry leap out of the glass. While not a dry wine, it has such good acidity that it carries the sweet fruit flavours well. Match it with spaghetti marinara.

Henschke Johann's Garden, $36

Low-yielding, old, dry-grown grenache vines supply 70 per cent of the fruit in this magnificent wine, which also has mourvedre and shiraz in the blend. Try it with gourmet sausages.

Capcanes Mas Donis Garnacha, $32

There is 20 per cent shiraz in this vibrant Spanish wine. Look out for the summer berries on the nose and the tight vein of minerality that runs through the palate. Serve it with spicy meatballs.

35

Sherry ages in butts

The delicate bone-dry manzanilla and fino sherries, made from the palomino grape, gain character and complexity as they age. After fermentation, they go into casks where flor, a strain of yeast, develops a thin layer on their surface, protecting them from oxidation. After a year, these wines join what is known as the solera system, a method of blending and ageing. Butts (500-litre casks) are arranged in *criaderas* (nurseries), which are groups of wines of the same type and age. As the wines are moved from butt to butt, the younger wines "refresh" the older ones and the older wines "educate" the young ones. Fully matured wines for bottling are drawn from the oldest level, then replenished from the younger layer. It can take from five to 100 years for wines to pass through the system.

Seppelt DP 117 Barossa Valley Fino 750ml, $17

Seppelt has dropped "sherry" from the label – in five to 10 years, it will be illegal to use it on wines not from the Sherry region in Andalusia. Serve chilled with salt-and-pepper calamari.

Delgado Zuleta Manzanilla "La Goya" 375ml, $18

Manzanilla comes from the coastal town of Sanlúcar de Barrameda. Its distinctive salty tang is due to its ageing in the bodegas (cellars) close to the Atlantic. Serve chilled with salted almonds.

Sanchez Romate Marismeno Fino 750ml, $36

An exquisite sherry with delicate aromas of nuts and green olives on the nose and a slightly chalky mouthfeel. Serve chilled with meatballs in tomato sauce.

WINE LESSON

36

Look out for the tar 'n' roses in nebbiolo

The nebbiolo grape produces some of Italy's noblest wines – Barolos and Barbarescos – from the north-west regions of Piedmont. The grape's name is derived from *la nebbia*, the Italian word for fog – an indication of the climate in which it thrives. At their best, these wines have enormous finesse, complexity and subtlety. High acidity and an abundance of tannins give them their cellaring potential. The classic description of the aromas and flavours is "tar and roses", but other characters to look for are plum, cherry, violet, tea leaf and tobacco. Nebbiolo is difficult to propagate because it requires a particular microclimate. In Australia, about 30 producers – including Jasper Hill, Coriole, Pizzini, Thorn-Clarke, Yalumba and Trentham Estate – are experimenting with this tricky grape.

Poderi Colla Nebbiolo d'Alba DOC, $40

This Piedmont example is remarkable for the price. Look for game, raspberry and cherry on the nose and balance and structure on the palate. Try it with pappardelle and duck ragu.

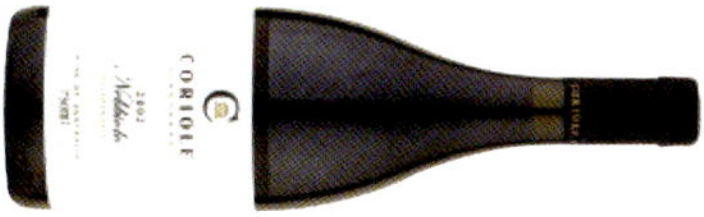

Coriole Nebbiolo, $27.50

Mark Lloyd is a passionate McLaren Vale pioneer of Italian varieties. This wine's nose has cherry, plum and dark chocolate, with tannin and acid on the palate. Serve it with mushroom risotto.

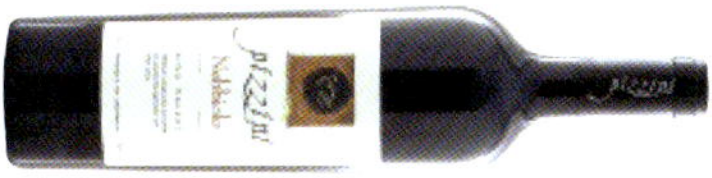

Pizzini Nebbiolo, $50

The King Valley in Victoria is now one of Australia's better areas for nebbiolo and Fred Pizzini has captured some of its Italian essence – roses, liquorice, cherry, tar and grippy tannin. Match it with braised beef.

WINE LESSON

37

Red wine doesn't always go with cheese

The tannins in red wine can overpower some cheeses so sometimes a white, sparkling or fortified wine is a better match. Cider and beer can taste good with cheese, too. While some classic combinations work well – such as fortified wines with blue cheese and sauvignon blanc with fresh goat's cheese – it's also possible to match a gewürztraminer to blue or to drink sparkling shiraz with goat's cheese. As a general rule, match hard cheese with fortifieds or mature reds. White rinds go with oaked chardonnay or semillon. Washed-rind cheese is delicious with a fruity red such as pinot noir or merlot. Semi-hard cheese is one of the easiest to match because it goes with tannic reds such as cabernet sauvignon and even oaked whites.

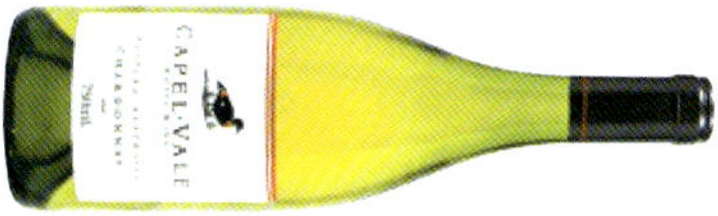

Capel Vale Chardonnay, $21

This has the lot: barrel fermentation, ageing in French oak and less stirring – all factors that build complexity. Match it with Jindi triple-cream brie or brie de Meaux.

Mount Langi Ghiran Langi Shiraz, $55

Pepper and spice show in abundance in this shiraz as well as blueberries, plums and anise. It's one to cellar if you can resist drinking it now. Try it with hard cheese from Healeys Pyengana.

Mitchell Semillon, $18

Look for the distinctive citrus character on the nose and the palate. It's rich in flavour, with a creamy texture and a pleasant tang of acidity. Serve it with Woodside fresh goat's curd.

WINE LESSON

38

Dried grapes are the new classic

Wines have been made from dried grapes for thousands of years. Homer, Virgil, Cato and Pliny drank them, then wrote of their experience in glowing terms. In Italy, their modern descendants are the red amarone wines, which are usually dry (though some have a hint of sweetness) and the white recioto wines, which are sweet and super-rich. Both styles can be cellared for up to 10 years. The Italians drink them at the end of a meal and refer to them as *vini di meditazione* (meditation wines) because they are so special. They pair amarones with strong, dry cheeses such as aged parmigiano reggiano, pecorino or asiago. Game or smoked meats are a good match, too. There are a few Australian versions of this style, but these wines are difficult to make and are therefore costly.

Freeman Rondinella Corvina, $35

Rondinella and corvina are the grape varieties used to make amarone and valpolicella. This exciting wine is dry and savoury, with bitter cherry aromas and flavours. Match it with eggplant parmigiana.

Primo Estate Joseph Moda Cabernet Sauvignon Merlot, $55

A powerful but elegant wine with aromas of blackcurrant, chocolate, prunes and spice. Delicious now or cellar for 10 years. Serve it with smoked rack of lamb.

Masi Costasera Amarone Classico, $76

Costasera means "evening slope" – the vineyards from which this wine comes catch the evening sun. It has the characteristic cherry flavour and is delicious with Pyengana cheddar.

39

Durif will cellar long-term

Durif is a rare grape. It was named after Dr Durif, who propagated it in the 1880s in France. Only a few plantings remain there – in the Rhône Valley – but it has a following in California. In 1907, viticulturalist Francois de Castella brought durif to Australia where it found a home in north-east Victoria. In Rutherglen, it's used to produce fortified wines and inky, tannic dry reds with high alcohol. It is also planted in the Riverina, where it produces fruitier, less tannic wines. Durif can produce some of our longest-living reds. It's the perfect wine to drink on cold winter nights when hearty dishes such as casseroles and roasts are on offer. Otherwise, pop it in the cellar for 10 years. It will last longer, but the biggest changes will happen in the first decade.

Campbells SDC, $15.50

Durif works well in a blend. The cabernet evident here makes the wine leaner and more elegant. There's a hint of tomato leaf on the nose and lots of spice and liquorice. Match it with aged cheese.

Nugan Manuka Grove Durif, $25

A classic Riverland style, which is lighter on tannins than most of the Rutherglen examples. It's bursting with blackberry and dark cherry character, and there's a lick of smoky oak. Try it with moussaka.

All Saints Estate Family Cellar Durif, $49

Concentrated plum jam, prune and spice aromas mingle exotically on the nose, foretelling the depth of flavour that follows on the palate. Serve it with a large slab of protein – beef is ideal.

WINE LESSON

40

Viognier goes with many food styles

A white grape indigenous to France, viognier is one of the rising stars of the world wine scene with new labels and plantings increasing every year. In Australia, the first vines were planted on the Mornington Peninsula in 1979. Yalumba planted viognier a year later in the Eden Valley. Louisa Rose, a Yalumba winemaker who has spent more than a decade working with viognier, has discovered some of its secrets, the most important of which is picking the grapes when very ripe to give texture, flavour and the distinctive spice, dried apricot, honeysuckle, ginger, orange blossom and pear perfumes. It has some fruit sweetness but shouldn't be too sweet. Viognier is a great match with Asian flavours but also goes well with modern Australian, French and Italian food.

Yalumba Y Series Viognier, $10

The perfect entry-point wine by Louisa Rose. It has that honeysuckle perfume that is so appealing, with citrus, lychee and quince flavours. Try it with pho (Vietnamese beef noodle soup).

Heggies Vineyard Viognier, $28

This Eden Valley wine has classic viognier flavours and aromas. It was made with wild yeast and aged in old French oak, giving it a rich texture. Match with chicken tikka masala.

Shelmerdine Heathcote Viognier, $25

Heathcote has a reputation for shiraz, but viognier also flourishes in this region. Aromas of pear, musk and exotic flowers lead onto a full-flavoured palate. Delicious with tempura.

WINE LESSON

41

Spanish reds are food-friendly

Spain, the world's second-largest wine producer, has undergone a decade-long vinous revolution and is producing some exciting, well-made wines that are perfumed, savoury and food-friendly. The two most important grapes are indigenous: tempranillo and *garnacha tinta* (grenache). Both grapes are grown throughout Spain but grenache is more widely planted. It's behind some impressive wines, most notably from bush vines in Priorat that are more than a century old. Graciano and monastrell (also known as mataro or mourvedre) are also showing enormous potential. Spanish reds go beautifully with winter fare such as lamb shanks, ossobuco and risotto. In summer, tempranillo can be lightly chilled and served with antipasto platters.

Dehesa Gago Tempranillo, $25

From Toro, this is tempranillo in the nude: unoaked and rippling with blackberry and spice flavours. Match it with *manchego* (hard sheep's milk cheese).

LZ Tempranillo, $25

A new-wave Rioja wine by Telmo Rodriguez, one of Spain's most exciting winemakers. It has a perfume of dark berry, mineral and tar, uncovered by oak. Match it with *cabrales* (blue-vein cheese).

Marques de Caceres Reserva Rioja, $38

One of the Rioja region's assets is the availability of older wines at affordable prices. This wine is mellow, harmonious and slips down easily. Match it with *garrotxa* (goat's milk cheese).

WINE LESSON

42

Gamay is not pinot noir's poor cousin

The red grape of Beaujolais in France is known as gamay. Fortunately, the frantic race to drink beaujolais nouveau when it's released each November is now just a memory. The nouveau phenomenon did nothing for the reputation of this area's wines. The 10 Beaujolais villages or crus – Côte de Brouilly, St-Amour, Brouilly, Fleurie, Chiroubles, Julienas, Chenas, Morgon, Moulin-a-Vent and Regnie – produce some remarkable wines, which can age well. In Australia, gamay is still rare and is seen by some as the poor cousin of pinot noir but wines made from gamay are a good choice for hot weather because they're scrumptious served chilled. Look for gamays from Eldridge Estate, Sorrenberg, Bass Phillip and Pfeiffer.

Georges Dubeouf Beaujolais-Villages, $18

With gorgeous strawberry aromas and appealing fruit flavours, this straightforward wine is a good introduction to gamay. Try it with a crusty baguette of ham and salad.

Pfeiffer Gamay, $16

Hints of marzipan, white pepper and raspberry lead onto a fresh, lively palate. This rosé is unusual in that it comes from Rutherglen, an area known for heavier reds. Match it with lamb kebabs.

Eldridge Estate Gamay, $28

A more complex style, with aromas of plum, spice and dark cherry. The palate has a fleshy, juicy texture, firm tannins and bright acid. Works well with veal cutlets.

43

Riesling ages beautifully

Good-quality dry riesling is a delight. It can be enjoyed young (when it has a zesty vitality) or aged (when it has a mellow toastiness). In Australia, we are blessed with stunning rieslings from the Clare and Eden valleys in South Australia, the Great Southern region in Western Australia and Henty in Victoria. When young, these rieslings have distinctive qualities. Look for the mineral character in those from Clare; the lime juice, citrus flavours and chalky texture in Eden Valley drops; and the flinty austerity and bone-dry palate of the Great Southern wines. In good vintages, these rieslings will keep for up to 10 years, when the colour will deepen from pale greenish-lemon to yellow gold with hints of green. Aromas of toast and sometimes kerosene will appear and the palate will soften.

Leo Buring Eden Valley Riesling, $18

A top example of Eden Valley riesling. It has aromas of lime, apple and spice and a lean, lingering palate of astonishing complexity. Try it with grilled or pan-fried white fish.

Grosset Watervale Riesling, $35

The 25th release is the strongest vintage since the outstanding 2002. It smells of lilies, lime juice and wet pebbles. The palate is fine and tight yet powerful. Delicious with yum cha.

Howard Park Riesling, $25

A wonderful glassful of lemon and lime zest with refreshing, vibrant acidity. Match this style with gravlax (cured salmon) when young, but with some bottle age it makes a lovely aperitif, too.

WINE LESSON

44

Zinfandel comes in many styles

California's most planted red grape, zinfandel is a winemaker's dream because it is so versatile. Quality, however, varies enormously. Since the 1970s, the free-run juice has been made into a quaffer known as white zinfandel or blush, which is fruity and sweet. It is also made into sparkling and dessert wines, as well as ports. At its best, zinfandel produces robust, intense, complex reds that age magnificently. This style was pioneered in Australia with great success by David Hohnen at Cape Mentelle. Ampelographers (grapevine experts) have discovered that primitivo, a grape grown in southern Italy, is the same variety. Look out for plum, blackcurrant, raspberry, pepper, dark chocolate, fruitcake and even tar characteristics.

A Mano, $20 (primitivo)

Made by a Californian winemaker in Apulia in southern Italy, this wine has gorgeous dark berry flavour with hints of liquorice and supple tannins. Serve it with game or slow-roasted pork.

Nepenthe Tryst Cabernet-Tempranillo-Zinfandel, $15

A wonderfully fragrant wine with hints of spice and blackcurrant. Appealing dark fruit and spice flavours lead to a firm, dry finish. Try it with blue cheese.

Cape Mentelle Zinfandel, $47

A wine with a cult following. Smell the sumptuous blackberries mingled with musk and rose petals, and experience the lengthy, complex palate. Match it with venison sausages.

45

Oak can enhance wine

Wood – most commonly French and American oak – is the traditional fermentation and storage vessel for wine. Centuries ago there was no alternative. Today, oak is still used because it enhances the flavour, tannin profile and texture of certain styles of wine. Different forests and varying production methods give unique characters to the finished barrels and these in turn give the wine different aromas and flavours such as vanilla, coconut, cedar, coffee, chocolate and toasty characters. French oak barrels cost upwards of $1000 each (American oak is cheaper). To cut costs, some producers immerse oak chips and staves in the wine. Needless to say, the effect is grossly inferior.

Chapel Hill Reserve Chardonnay, $23

Chapel Hill also makes an unwooded chardonnay so you can compare this wine with the unoaked style. Look out for toasty vanilla aromas. Match it with smoked chicken salad.

Taylors Jaraman Shiraz, $30

An intense, lingering McLaren Vale shiraz that oozes dark berry character. It has been aged 80 per cent in American oak and 20 per cent in French. Try it with smoked rack of lamb

---

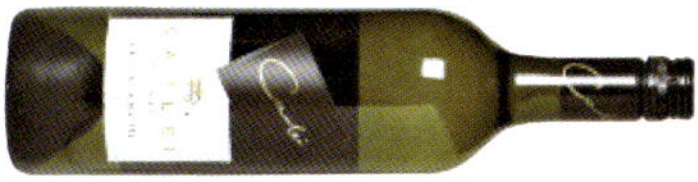

Carlei Estate Tre Bianchi, $25

Eighty per cent of this sauvignon blanc, semillon and chardonnay blend is fermented in French oak – the result is a beautifully balanced wine. Delicious with mud crab.

WINE LESSON

46

Muscat can go with savoury food, too

Don't pigeonhole the luscious fortified tokays and muscats from Rutherglen as dessert wines. While they are delicious with tarte tatin, poached fruit, chocolate or toffee, they go well with savoury food, too. Try them served lightly chilled (about 15C) with chilli-based dishes, cured meats and soft cheeses. Muscats tend to be more aromatic than tokays. Look for hints of spice, musk and grapiness. Tokays are more savoury, with less up-front fruit. Both styles have four classifications that mark a progression in complexity and concentration of flavour: Rutherglen, classic, grand and rare. They do not have a vintage because they are blended from wines of varying ages. There are no fixed parameters regarding age but the higher the classification the older the material.

All Saints Estate Classic Rutherglen Tokay 500ml, $30

Rich toffee and tea-leaf aromas lead onto a fabulous palate that balances opulent fruit with fresh acidity. Serve with blue cheese.

Campbells Classic Rutherglen Muscat 500ml, $39

A wonderful combination of honey and raisins with some fresh green-grape flavours, too. It has a silky texture and a lively, clean finish. Serve with chilli prawns.

Seppelt DP 63 Grand Rutherglen Muscat 750ml, $27

Amazing value for an amazing wine. It smells of rose petals, nougat and caramel. Winemaker James Godfrey serves it with barbecued fresh figs.

47

Petit verdot has a new life in Australia

This is one of the six grapes allowed in the Red Bordeaux region. Petit verdot means "little green one" and is true to its name because it's a late ripener. In fact, owing to the cool climate of this region, it sometimes doesn't ripen at all. Oddly enough, the grape thrives in our warmer regions and more than 1337 hectares have been planted in regions including the Riverland, McLaren Vale and the Murray Darling. One of the reasons petit verdot does so well here is because it is thick-skinned and very tannic. When temperatures rise, it retains colour and acidity. Not only is petit verdot used for blending, it also makes exciting varietal wines. It has an enticing perfume and is full and rich on the palate. Owing to its high acid, tannin and alcohol levels, good examples will age well.

Angove's Stonegate Petit Verdot, $9

This great-value Riverland wine is good for drinking straight away. It's got some ripe blackberry notes and is rich with fruit and tannin. Try it with a char-grilled steak.

Kingston Estate Echelon Petit Verdot, $24

Ninety per cent of the fruit for this magnificent wine comes from the Riverina. It's a big wine, with dark-berry aromas and flavours. Cellar for up to 10 years. Delicious with gourmet sausages.

Pirramimma Petit Verdot, $26.50

This McLaren Vale blockbuster is chock-full of blackcurrant and blueberry interlaced with cedary notes. Cellar for up to 10 years. Match it with kangaroo.

48

Don't be put off by crown seals on sparkling wine

Sparkling wines sealed with a cork may be even more prone to cork taint than still wines. Sparkling wine can be affected by TCA (trichloroanisole) and taint from the glue used in the cork. It can also become oxidised and develop a woody aroma. Some taint problems are subtle, without an obvious smell of stale cardboard, but they cause wine to lose its fruit and vitality. Sometimes the cork fails altogether, letting in oxygen and killing the bubbles. Many people don't realise it's the cork and they blame the wine. One way to prevent cork taint in sparkling wine is to use a crown seal, a bottle top that more often graces beer bottles. It may lack the romance of popping a cork, but a dull, flat sparkler is even less romantic. Crown seals may be radical, but they work.

Domaine Chandon Z*D, $34

Z*D stands for zero dosage, meaning that no liqueur (a mix of wine and sugar syrup) is added after it is disgorged, making it exhilaratingly dry. Perfect with freshly shucked oysters.

Pfeiffer Sparkling Pinot Noir, $30

This red sparkler has lots of strawberry and cherry aromas and flavours. It is aged for 12 months before bottle fermentation and further maturation on lees (dead yeast cells; sediment). Try it with pork spare ribs

Seppelt Show Sparkling Shiraz, $64

An absolute treat. Liquorice, jam and blackcurrant aromas leap out of the glass. It's an unforgettable wine with full, rich flavours on the palate. Match it with roast duck with a cherry or plum sauce.

49

Blending is an essential part of winemaking

Whether it's assembling various components of the same variety, region or even vineyard, or mixing regions and grape varieties, blending is an essential part of winemaking. Blending fruit from various regions is done to achieve consistent quality. Many Australian blends mirror well-known European combinations such as cabernet sauvignon with merlot, cabernet franc, petit verdot or malbec – as is done by the French in Bordeaux. Some combinations originated in Australia, such as shiraz-cabernet and semillon-chardonnay. Fashion plays a part, too: these latter pairings seem to be a dying breed, replaced instead by semillon-sauvignon blanc and shiraz-viognier.

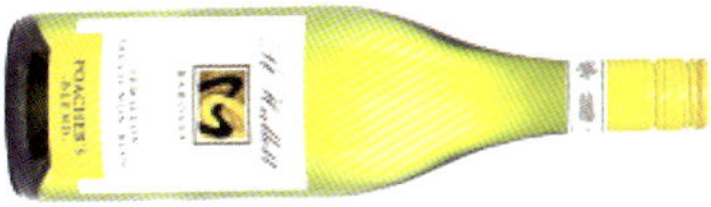

St Hallett Poacher's Blend Semillon Sauvignon Blanc, $14

Tropical fruit and snappy citrus aromas with a hint of herbs lead onto a textured palate, which has vibrant fruit flavours and crisp acid. Great with poached salmon.

Penfolds Koonunga Hill Shiraz Cabernet, $15

Sourced from different South Australian vineyards, this wine is good value. It oozes spice and liquorice, and has ripe dark-fruit flavours framed by firm tannins. Serve it at a barbecue.

Blue Pyrenees Estate Shiraz Viognier, $32

This magnificent wine – with its gorgeous spice and velvety texture – shows how good some of the Australian imitations of this Northern Rhône style can be. Match it with roast duck.

WINE LESSON

50

Australian arneis can be very appealing

Native to Piedmont in Italy, arneis (pronounced ar-neez) is a rare white grape. In the local dialect, it means "little rascal" because it is difficult to grow. It is blended into the local reds to soften the tannins. Vinified alone, it makes delicate pear- or almond-scented medium-bodied wines that are low in acid and not made to age. In Australia, this grape is grown in the King Valley, Riverland and Mornington Peninsula and it is producing some excellent white wines. The Australian versions tend to have a wider spectrum of fruit aromas and flavours than their Italian relations. Owing to its delicacy, arneis goes well with fish, chicken, creamy pasta sauces and lightly spiced Asian dishes. If you like fresh, unoaked pinot grigio and riesling, chances are you'll enjoy a glass of arneis, too.

Kingston Estate Empiric Selection Arneis, $20

In Italy, arneis grows in a cool climate, so it's great to taste a wine from South Australia's warm Riverland. This has lovely pear, melon and honey aromas and a crisp finish. Match it with soft cheese.

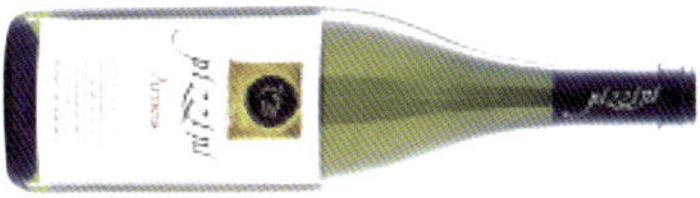

Pizzini Arneis, $24

Grown in the cool-climate King Valley, this is truer to the Italian style, with delicate almond and quince aromas. The palate is silky and textured with a delicious tang of bitter almond. Serve it with fettuccine carbonara.

Box Stallion Arneis, $27

From the cool-climate Mornington Peninsula, this is a wonderfully fragrant wine with hints of pear, apples and candied fruit. It is crisp and dry and easy to drink. Try it with king prawns.

WINE LESSON

51

Wine and chocolate aren't always enemies

Chocolate and wine can work well together so long as you consider the sweetness of the chocolate when choosing a wine. Milk chocolate, with its high sugar content, requires a rich, viscous wine with high residual sugar; fortified wines such as port or pedro ximenez sherry are excellent choices because their rich texture is a good match for the mouth-coating sweetness of the chocolate. For a bitter, dark chocolate the wine doesn't need to be as sweet; try a sparkling red or a high-alcohol shiraz from the Barossa or McLaren Vale that is not fermented to dryness. A good choice for lighter chocolate desserts is moscato. If you want to buy only one wine for when the cocoa-bean urge strikes, you can't go wrong with muscat or tokay. These suit all styles of chocolate.

T'Gallant Moscato (375ml), $10

This pink spritzy moscato is deliciously light. It smells of ripe grapes and summer flowers, and has only 5.5 per cent alcohol. Match it with tiramisu dusted with cocoa powder.

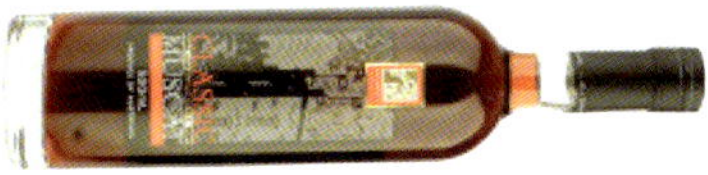

All Saints Classic Rutherglen Muscat (375ml), $19

Gorgeous toffee and butterscotch flavours with a tang of mocha and marmalade on the finish.
A sinuous vein of acidity gives balance and freshness. Serve it with plum pudding.

Fox Creek Vixen Sparkling Shiraz, $22

Next time a chocolate craving hits, indulge yourself with a bottle of this red sparkler and a block of high-quality dark chocolate such as Valrhona.

52

Cabernet sauvignon can be good value

Shiraz may be the more popular wine in Australia but there are some excellent cabernets to be found. And mostly, for the price, they over-deliver on quality. The wines from cooler zones (Coonawarra, Margaret River, the Eden and Yarra valleys) are at their best after cellaring, when the tannins have softened. The drink-now styles that have rich, ripe fruit tend to come from warmer regions (the Clare and Hunter valleys, McLaren Vale and Mudgee). The classic descriptions applied to cabernet are blackcurrant, redcurrant, plum, dark cherry and cedar. Green bean or capsicum aromas mean the fruit was under-ripe when picked. Mint and eucalypt aromas are appealing to many tasters but are considered faults by others.

Tyrrell's Wines Lost Block Cabernet Sauvignon, $14

The fruit for this juicy, vibrant wine came from McLaren Vale and the Frankland River. It's a flavoursome drink-now style with soft tannins. Match it with rack of lamb.

Taylors Clare Valley Cabernet Sauvignon, $18

Look out for blackcurrant aromas and hints of mint, cinnamon and olive on the nose. The palate has lovely dark berry, with velvety tannins. Try it with kangaroo.

Robertson's Well Coonawarra Cabernet Sauvignon, $22

Although delicious when young, this will cellar for up to eight years. Aromas of plum, cherry, spice and charry oak lead onto a full, rich palate with fine tannins. Serve it with beef goulash.

WINE REGIONS

WINE REGIONS

1 Hunter Valley
2 Rutherglen
3 Yarra Valley
4 Mornington Peninsula
5 Tasmania
6 Coonawarra
7 McLaren Vale
8 Barossa
9 Clare Valley
10 Margaret River

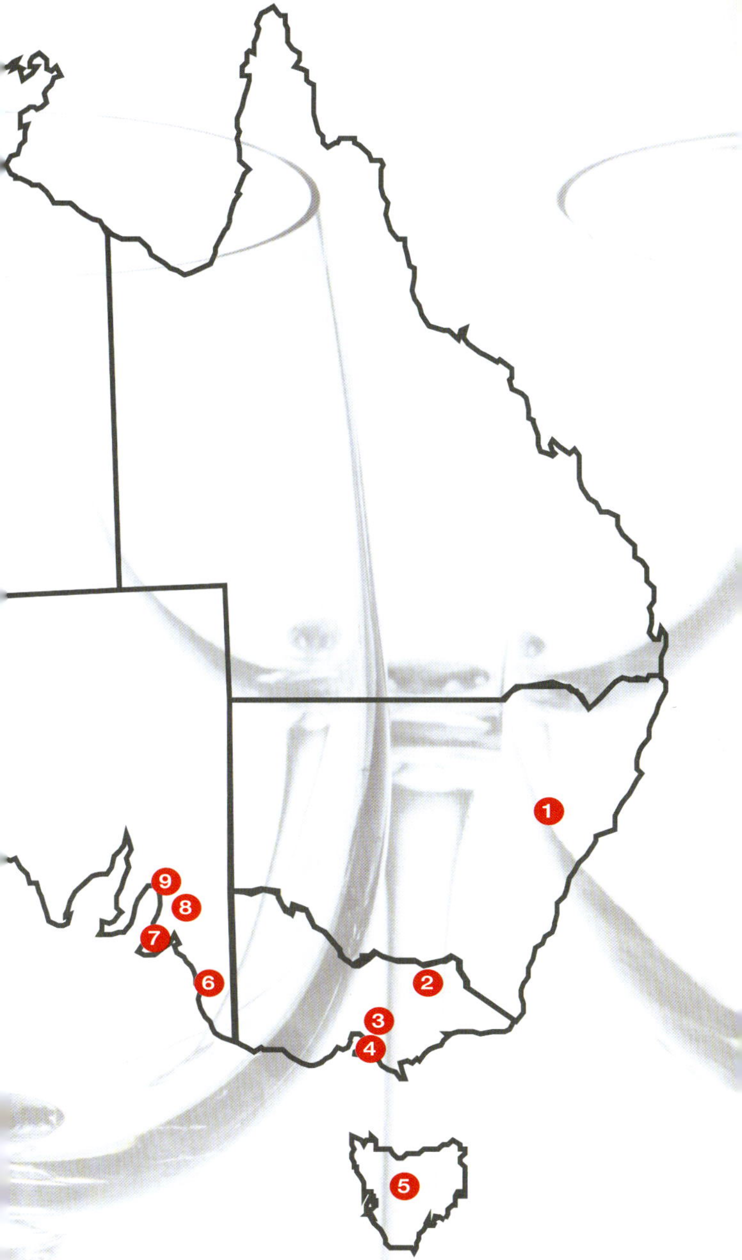
1
2
3
4
5
6
7
8
9

HUNTER VALLEY

A two-hour drive north of Sydney, the Hunter is the premium wine region of NSW. While it makes less than 10 per cent of the state's wine, it produces one of Australia's – indeed the world's – most unique drops: Hunter Valley semillon. Shiraz is a star performer here, too. Its dry, leathery earthiness is as distinctive as the mellow toastiness of the region's aged semillons.

The Hunter was established as an agricultural region in the early 1800s, chosen because it was too humid to grow vines closer to the coast. Dalwood, which was planted in 1830 by George Wyndham, was one of the most famous early vineyards. By 1843 the Hunter had about 65 hectares of vines. The Tyrrell family planted vines here in the late 1850s, producing their first vintage in 1864. They still harvest from vineyards planted in 1879 and 1892.

The region is unofficially divided into the Lower Hunter, where most of the vineyards sit, and the Upper Hunter. It has only one official subregion – Broke Fordwich – but there are a number of unofficial ones, including Allandale, Belford, Dalwood, Pokolbin and Rothbury. Many of the best vineyard sites in the region are close to the Brokenback Range, which rises above the gently undulating Lower Hunter and benefits from cooling sea breezes.

The Hunter has a particularly idiosyncratic climate. Cool winters are followed by hot, humid summers. Rainfall is heaviest between October and April and it can often rain at vintage time, causing the berries to split open, thus diluting their flavours and making them susceptible to rot and other diseases.

Traditional Hunter semillon is unique because, although it starts life as a delicate lemony wine flecked with green-gold hues, it undergoes a remarkable metamorphosis over a seven-year period to become a rich, complex, golden wine.

Responding to the demand for wines that can be drunk without ageing, the Hunter also produces fruitier semillons, which are more like sauvignon blanc.

Chardonnay and cabernet sauvignon blends are also important here. Climatically, the region is not suited to producing Australia's best cabernets but they have plenty of opulent fruit and flavour, with those made at Lake's Folly at the more elegant end of the scale. The region's most exceptional chardonnay is Tyrrell's Vat 47.

With nearly 160 cellar doors, the Hunter is Australia's most visited wine region, attracting more than 1.5 million tourists a year.

The region hosts many events, such as the Lovedale Long Lunch in May, Budfest in September and Jazz in the Vines in October.

MUST-VISIT CELLAR DOORS

Brokenwood
McDonalds Road
Pokolbin
(02) 4998 7559
www.brokenwood.com.au

Capercaillie
Londons Road
Lovedale
(02) 4990 2904
www.capercailliewine.com.au

De Bortoli
532 Wine Country Drive
Pokolbin
(02) 4993 8800
www.debortoli.com.au

McWilliams Mount Pleasant
Marrowbone Road
Pokolbin
(02) 4998 7505
www.mcwilliams.com.au

Meerea Park
Boutique Wine Centre
Broke Road
Pokolbin
(02) 4998 7474
www.meereapark.com.au

Piggs Peake Winery
697 Hermitage Road
Pokolbin
(02) 6574 7000
www.piggspeake.com

Pooles Rock
Debeyers Road
Pokolbin
(02) 4998 7356
www.poolesrock.com.au

Tempus Two Wines
Broke Road
Pokolbin
(02) 4993 3999
www.tempustwo.com.au

Tulloch
Glen Elgin
638 Debeyers Road
Pokolbin
(02) 4998 7580
www.tulloch.com.au

Tyrrell's
Broke Road
Pokolbin
(02) 4993 7000
www.tyrrells.com.au

MUST-DRINK WINES

Semillon
(to age or already aged)

- Tyrrell's Vat 1
- Brokenwood
- Capercaillie
- McWilliams Mount Pleasant Museum Release Elizabeth
- Pepper Tree Grand Reserve

Semillon
(to drink now)

- Tempus Two
- De Bortoli Hunter Valley
- Piggs Peake Sows Ear
- Bimbadgen Estate Signature

Shiraz

- Brokenwood Graveyard
- Meerea Park Hell Hole
- McWilliams Mount Pleasant Rosehill
- Glenguin Aristea

Other varieties

- Tempus Two Melange a Trois
- Scarborough Chardonnay
- Tulloch Hunter Valley Verdelho
- Glenguin Maestro Sangiovese

RUTHERGLEN

The charming township of Rutherglen in north-eastern Victoria lies close to the NSW border, about a four-hour drive from Melbourne. It is a place of enormous character, both in a vinous and architectural sense, and you'll very likely find some of the local legends pouring their wines at one of the 20-odd cellar doors.

Every wine lover should make a pilgrimage to this region, which has been synonymous with wine since the 1850s. It produces some impressive table wines, most notably full-bodied, long-lived reds made from durif and shiraz, but it's the fortifieds – especially muscat and tokay – that distinguish the region.

One reason these fortified wines are so special is the climate, which is more temperate than most people realise. The cool nights and characteristically long, dry autumn days allow the grapes to achieve their full ripening potential, developing flavour, structure and sweetness.

Tokay and muscat are made using the same method. Tokay is made from muscadelle and muscat is made from *muscat a petits grains rouge* – brown muscat, as it is known locally. The grapes are picked at high baumes, which means they're very sugary and difficult to crush. Some producers allow fermentation to start before adding grape spirit; others fortify before fermentation starts. After this, the wines go into small old oak barrels for maturation.

In 1996, the muscat and tokay producers introduced a four-tier classification system to distinguish between the different quality levels.

The entry point "Rutherglen" wines age for about five years. This category is characterised

by younger, fresher, fruitier wines. On the next rung up are the "classic" wines, which have greater richness and complexity.

Then there is a quantum leap to the next two levels: "grand" and "rare". By the time the wines reach the "grand" stage they are a dark-caramel bronze colour with amazing complexity and depth of flavour.

The "rare" fortifieds are blends of the oldest, most sublime and most precious wine. The wines destined for the higher classifications will age for more than 15 years and can contain material that spans centuries.

The classification system has proved such a success that it was recently adopted nationally for all tawny ports, muscats and tokays.

Because there is less demand for these fortified wines, the region has eagerly adopted alternative varietes. There are some delicious marsannes and viogniers, as well as a few rare varieties such as mondeuse and gouais.

MUST-VISIT CELLAR DOORS

All Saints Estate
All Saints Road
Wahgunyah
(02) 6035 2222
www.allsaintswine.
com.au

R. L. Buller & Son
Three Chain Road
Rutherglen
(02) 6032 9660
www.buller.com.au

Campbells Wines
Murray Valley Highway
Rutherglen
(02) 6032 9458
www.campbellswines.
com.au

Chambers Rosewood
Vineyards
Barkly Street
Rutherglen
(02) 6032 8641
www.rutherglenvic.com

Cofield Wines
Distillery Road
Wahgunyah
(02) 6033 3798
www.cofieldwines.
com.au

Jones Winery &
Vineyard
Jones Road
Rutherglen
(02) 6032 8496
www.joneswinery.com

Morris Wines
Mia Mia Road
Rutherglen
(02) 6026 7303
www.morriswines.com

Pfeiffer Wines
167 Distillery Road
Wahgunyah
(02) 6033 2805
www.pfeifferwines.
com.au

Stanton & Killeen
Jacks Road
Murray Valley Highway
Rutherglen
(02) 6032 9457
www.stantonandkilleen
wines.com.au

Warrabilla
Murray Valley Highway
Rutherglen
(02) 6035 7242
www.warrabillawines.
com.au

MUST-DRINK WINES

Fortified wines

- All Saints Classic Rutherglen Tokay
- Campbells Rutherglen Muscat
- Stanton & Killeen Vintage Port
- Chambers Rosewood Rutherglen Muscat
- Buller Rare Rutherglen Liqueur Muscat
- Morris Old Premium Rare Rutherglen Tokay
- Pfeiffer Christopher's VP

Durif

- Campbells
- Warrabilla Reserve
- All Saints Estate

Shiraz

- Jones L.J.
- Campbells Bobbie Burns
- Morris Rutherglen
- Anderson Cellar Block
- Pfeiffer

Other varieties

- All Saints Estate Marsanne
- Anderson Basket Pressings Sangiovese
- Cofield Malbec
- Pfeiffer Gamay
- Campbells Trebbiano
- St Leonards Dry Orange Muscat

REGION THREE

YARRA VALLEY

The natural beauty of the Yarra Valley inspires as much awe as its wines, with pastures and vineyards carpeting valleys nestled against the backdrop of the Great Dividing Range.

A number of varieties thrive here – including pinot noir, shiraz, chardonnay and sauvignon blanc – but it is the Bordeaux blends (cabernet sauvignon, merlot, cabernet franc, petit verdot) that distinguish the region. Cabernet blends from revered names such as Mount Mary, Yarra Yering and Yeringberg have consistently appeared on The Langton's Classification of Australian Wine and, as a consequence, they are pricey and extremely difficult to obtain.

The Ryrie brothers planted the first vines in the Yarra Valley in 1838. In the 1850s, Swiss migrants – notably Hubert de Castella and Baron Guillaume de Pury – developed a prosperous wine industry.

By the 1920s, however, it had fallen into decline. It was revived in 1972 when Dr John

Middleton founded Mount Mary, and in the 1980s when De Bortoli, Domaine Chandon and Coldstream Hills were established.

The Yarra Valley, 50 kilometres east of central Melbourne, is part of the Port Phillip wine zone. It is one of Australia's best known cool-climate regions, although essentially it's a patchwork of microclimates with enormous variation between sites. Topography plays an important part, too, with the altitude of vineyards varying between 50 metres and 400 metres.

Since the establishment of Domain Chandon in 1985, sparkling wine production has become important in the valley. In 1996 Yering Station formed a partnership with the Devaux Champagne House, and the Yarrabank label was formed.

While the big companies – including Coldstream (Foster's), De Bortoli and Domain Chandon (Moët Australia) – invest here, the region's 90-odd cellar doors range from family-run boutique outlets to bigger ventures such as Tarrawarra Estate with its large art gallery.

March is a busy month for the valley with the Grape Grazing Festival and Jazz in the Vines. The region also hosts Shedfest in October.

MUST-VISIT CELLAR DOORS

De Bortoli
Pinnacle Lane
Dixons Creek
(03) 5965 2271
www.debortoli.com.au

Domaine Chandon
Green Point
Maroondah Highway
Coldstream
(03) 9739 1110
www.yarra-valley.net.au/domaine_chandon

Dominique Portet
870-872 Maroondah Highway
Coldstream
(03) 5962 5760
www.dominiqueportet.com

Evelyn County Estate
55 Eltham-Yarra Glen Road
Kangaroo Ground
(03) 9437 2155
www.evelyncountyestate.com.au

Giant Steps
10-12 Briarty Road
Coldstream
(03) 5962 6111
www.giant-steps.com.au

Killara Park Estate
Cnr Warburton Highway and Sunnyside Road
Seville East
(03) 9863 7500
www.killarapark.com.au

Rochford Wines
Corner Maroondah Highway and Hill Road
Coldstream
(03) 5962 2119
www.rochfordwines.com

Sticks
Glenview Road
Yarra Glen
(03) 9730 1022
www.sticks.com.au

Tarrawarra Estate
Healesville-Yarra Glen Road
Yarra Glen
(03) 5962 3311
www.tarrawarra.com.au

Yering Station
38 Melba Highway
Yarra Glen
(03) 9730 0100
www.yering.com

MUST-DRINK WINES

Cabernet and blends

- Wantirna Estate Amelia
- Giant Steps Sexton Harry's Monster
- Wedgetail Estate North Face

Pinot noir

- De Bortoli Reserve
- Balgownie
- Diamond Valley
- Hoddles Creek Estate
- Oakridge
- Rochford
- Toolangi Vineyards Yarra Valley

Chardonnay

- Oakridge
- Carlei Estate & Green Vineyards
- Tarrawarra Estate
- Toolangi Vineyards Reserve
- YarraLoch Stephanie's Dream

Other varieties

- Dominique Portet Sauvignon Blanc
- Oakridge Sauvignon Blanc
- Evelyn County Estate Tempranillo
- YarraLoch Arneis
- Yering Station Shiraz-Viognier
- Yering Station Rosé

MORNINGTON PENINSULA

It's only an hour's drive from Melbourne to the Mornington Peninsula, but the air changes and the heart lifts as the first flash of blue sea appears against the landscape. There are about 200 small-scale vineyards in the region, scattered among the cypress trees, orchards, golf courses and cattle pastures. With the exception of Foster's, which owns the T'Gallant winery, the region is mostly made up of small and medium producers, with more than 50 cellar door outlets.

The region is in the Port Phillip wine-growing zone and is prime cool-climate viticulture country, influenced by cold winds from Port Phillip Bay and Bass Strait. There are no official subregions, but there are distinct climate variations. Moorooduc in the north is much warmer than the southerly vineyards around Red Hill, and sites in Main Ridge are distinctly cooler because of their elevation.

It is serious pinot noir country. In the past decade, the variety has blossomed and accounts for nearly half of all plantings in the region. Mornington Peninsula pinot has many different styles owing to the myriad microclimates and terroirs. Quality has improved enormously as producers have refined their knowledge of cool-climate viticulture. There are some well-established vineyards in the region, including Main Ridge Estate, Paringa and Elgee Park.

Pinot noir was originally planted in the region to make sparkling wine base, so it is not surprising that there are some excellent sparklers, such as those from Red Hill Estate and Foxeys Hangout.

After pinot, chardonnay is the most common variety, and the peninsula produces outstanding

cool-climate chardonnays, the best of which cellar for up to 10 years.

Pinot gris comes in third, accounting for 10 per cent of all plantings. The peninsula produces spicy, unctuous Alsatian "gris" imitations as well as the lighter, zestier grigio styles. With his introduction of Italian grapes, Garry Crittenden pioneered alternative varieties in the region, including dolcetto and arneis.

Small quantities of shiraz also grow in the warmer microclimates and it is worth seeking out for its cool-climate elegance, perfume and supple tannins.

Most of the cabernet sauvignon in the region has been pulled out or regrafted, but the few plantings that remain are on warm sites and can produce some impressive wines – look out for those from Willow Creek and the Dromana Estate cabernet-merlot blend.

Wine events to mark in the calendar include the Pinot Noir Celebration in February, Peninsula Piers & Pinots in March, the long lunches at Red Hill and Sorrento in March and the Winter Wine Weekend in June.

MUST-VISIT CELLAR DOORS

Darling Park
232 Red Hill Road
Red Hill
(03) 5989 2324
www.darlingparkwinery.
com

Eldridge Estate of Red Hill
120 Arthurs Seat Road
Red Hill
(03) 5989 2644
www.eldridge-estate.
com.au

Main Ridge Estate
80 William Road
Red Hill
(03) 5989 2686
www.mre.com.au

Marinda Park Vineyard,
Main Ridge
238 Myers Road
Balnarring
(03) 5989 7613
www.marindapark.com

Moorooduc Estate
501 Derril Road
Moorooduc
(03) 5971 8506
www.moorooduc-estate
com.au

Paradigm Hill
26 Merricks Road,
Merricks
0438 114 480
www.paradigmhill.
com.au

Paringa Estate
44 Paringa Road
Red Hill South
(03) 5989 2669
www.paringaestate.
com.au

Stonier Wines
362 Frankston-
Flinders Road
Merricks
(03) 5989 8300
www.stoniers.com.au

Ten Minutes By Tractor
111 Roberts Road
Main Ridge
(03) 5989 6455
www.tenminutes
bytractor.com.au

T'Gallant
1385 Mornington-
Flinders Road
Main Ridge
(03) 5989 6565
www.tgallant.com.au

MUST-DRINK WINES

Pinot noir
- Main Ridge Estate Half Acre
- Paringa Estate Reserve
- Eldridge Estate Single Clone
- Kooyong
- Moorooduc Estate "The Moorooduc"
- Pardigm Hill The Oracle
- Stonier Reserve
- Ten Minutes By Tractor Wallis Vineyard
- Hurley Vineyard Homage
- Yabby Lake
- Willow Creek Tulum

Chardonnay
- Eldridge Estate
- Main Ridge Estate
- Moorooduc Estate
- Kooyong Estate
- Port Phillip Estate
- Stonier
- Marinda Park
- Ten Minutes by Tractor McCutcheon Vineyard
- Willow Creek
- Yabby Lake

Pinot gris and grigio
- T'Gallant Tribute
- Scorpo
- Winbirra
- Mantons Creek
- Miceli
- Foxeys Hangout

Shiraz
- Turramurra
- Scorpo
- Port Phillip Estate Paringa Estate
- Merricks Estate.

Other varieties
- Box Stallion Tempranillo
- Mantons Creek Tempranillo
- Crittenden at Dromana Pinocchio Arneis

TASMANIA

Tasmania is an exciting destination for food and wine tourists, with its diverse range of produce and quality wines. Although it makes less than 0.5 per cent of Australia's wine, in dollar terms it accounts for more because it is a premium wine-growing area, producing some of Australia's best sparkling wine and pinot noir, as well as excellent chardonnay and riesling. The area has more than 80 cellar doors to visit.

Wine production in Tasmania started in the 1820s, but the fledgling industry went into decline soon afterwards. A renaissance began when French engineer Jean Miguet planted a vineyard near the Tamar River in 1956. Then, in 1958, Claudio Alcorso planted on the banks of the Derwent River near Hobart and one of Tasmania's leading wineries, Moorilla Estate, was born.

Tasmania is classified as one official wine zone. Unofficially, it is divided into three regions – north, south and east coast – with many subregions. To the north of Launceston are the Tamar Valley, North West and Pipers River subregions. Southern Tasmania is divided into four unofficial sub regions: the Coal River, Derwent Valley, Huon Valley and D' Entrecasteaux Channel.

Sparkling wine production in Tasmania is centred around Pipers Brook, where the microclimate produces some of the island's best bubbles, including Jansz, Clover Hill and Pipers Brook. In the south, Moët-Hennessy Australia sources fruit from the Tolpuddle vineyard in the Coal River Valley, while Stefano Lubiana in the Derwent Valley makes some excellent bubbles.

As well as chardonnay, pinot noir and riesling, Tasmania produces some good sauvignon blanc,

gewürztraminer and pinot gris. However, when it comes to experimentation with alternative varieties the region seems to be more conservative.

Tasmania is one of Australia's prime cool-climate regions, and is composed of a myriad of mesoclimates. Vintage in the south is usually a few weeks earlier than the north because the vineyards are on warm sites protected from the cold southerly winds.

Some vineyards, such as Moorilla Estate and Domaine A, are warm enough to ripen cabernet sauvignon in most years and Stefano Lubiana makes an intriguing merlot.

Big companies such as The Hardy Wine Company, Yalumba, Kreglinger and Gunns Ltd have invested in northern Tasmania, but boutique wineries make up the bulk of Tasmania's industry.

A handful of contract winemakers make many of the wines for the smaller outlets and, while quality is usually high, it tends to stifle some creativity.

MUST-VISIT CELLAR DOORS

Bay of Fires
40 Baxters Road
Pipers River
(03) 6382 7622
www.bayoffireswines.com.au

Clover Hill
60 Clover Hill Road
Lebrina
(03) 6395 6286
www.taltarni.com.au

Dalrymple
1337 Pipers Brook Road
Pipers Brook
(03) 6382 7222
www.dalrymplevineyards.com.au

Domaine A
Tea Tree Road
Campania
(03) 6260 4174
www.domaine-a.com.au

Jansz Tasmania
1216b Pipers Brook Road
Pipers Brook
(03) 6382 7066
www.jansztas.com

Meadowbank Estate
699 Richmond Road
Cambridge
(03) 6248 4484
www.meadowbankwines.com.au

Moorilla Estate
655 Main Road
Berriedale
(03) 6277 9900
www.moorilla.com.au

Pipers Brook
1216 Pipers Brook Road
Pipers Brook
(03) 6382 7527
www.pipersbrook.com

Rosevears Estate
1a Waldhorn Drive
Rosevears
(03) 6330 1800
www.rosevearsestate.com.au

Stefano Lubiana
60 Rowbottoms Road
Granton
(03) 6263 7457
www.slw.com.au

MUST-DRINK WINES

Sparkling wine
- Jansz
- Clover Hill
- Pipers Brook Kreglinger
- Stefano Lubiana

Pinot noir
- Moorilla Estate
- Stefano Lubiana
- Laurel Bank
- Pipers Brook
- Pirie Estate
- Holm Oak Vineyard
- Dalrymple
- Frogmore Creek
- Barringwood Park
- Tamar Ridge
- Silk Hill
- Spring Vale

Chardonnay
- Bay of Fires
- Pirie South
- Pipers Brook
- Bream Creek
- Pooley "Coal River"
- Moorilla Estate
- Stefano Lubiana
- Frogmore Creek

Riesling
- Meadowbank Estate
- Moorilla Estate
- Hood Wines
- Bream Creek
- Pooley Coal River
- Brook Eden Vineyard
- Taltarni Lalla Gully
- Bay of Fires

Other varieties
- Pipers Brook Pinot Gris
- Taltarni Lalla Gully Sauvignon Blanc
- Bay of Fires Pinot Gris
- Spring Vale Gewürztraminer
- Stefano Lubiana Sauvignon Blanc

COONAWARRA

The remote Coonawarra region lies on South Australia's Limestone Coast, south east of Adelaide. A five-hour drive from Melbourne and four hours from Adelaide, the cigar-shaped strip of prized terra rossa (red-brown topsoil) is home to some of Australia's most famous cabernet sauvignon.

While Coonawarra appears to be flat, the terra rossa is actually on a ridge. Underneath the red soil is a layer of calcrete on top of a limestone base. It is this particular composition that gives the wines their unique character.

There are also areas of heavy black soil in the region that are extensively used for viticulture, but the wines lack the finesse the terra rossa produces.

The official geographical boundary of the region was defined after an eight-year battle, finally settling the dispute over which vineyards could lay claim to being on the precious terra rossa.

John Riddoch established the wine industry in Coonawarra, buying the Yallum Park grazing property in 1861 and setting up the Penola Fruit Growing Colony in 1890.

The following year the first cabernet, shiraz, malbec and pinot noir vines were planted. In 1896, the famous triple gabled winery that still features on the Wynns label was built.

During the Great Depression and World Wars I and II, the Redman family, who had bought part of Riddoch's estate following his death in 1901, were the only wine producers in the region.

Then, in 1951, Samuel Wynn bought the Riddoch Cellars, establishing Wynns Coonawarra Estate. It was the beginning of a new era for the

region. Wine production is dominated by big companies – Foster's, McWilliams, Orlando and Yalumba – as well as medium-sized companies such as Rymill, Hollick and Katnook, which crush more than 80 per cent of the region's grapes.

The region enjoys a cool-to-moderate climate not dissimilar to Bordeaux. Excessive heat during ripening is moderated by cloud cover and the region's extended ripening period produces reds of enormous intensity and complexity, as well as flavoursome whites, with good acid levels in both.

While cabernet sauvignon and the other Bordeaux varietals (merlot, malbec, petit verdot) rule supreme in the red domain, some notable shiraz is also produced.

The best whites in the region are chardonnay, semillon and sauvignon blanc.

There are more than 20 Coonawarra wineries with cellar-door sales outlets.

MUST-VISIT CELLAR DOORS

Balnaves of Coonawarra
Main Road
Coonawarra
(08) 8737 2946
www.balnaves.com.au

Hollick
Cnr Ravenswood Lane
and Riddoch Highway
Coonawarra
(08) 8737 2318
www.hollick.com

Katnook Estate
Riddoch Highway
Coonawarra
(08) 8737 2394
www.katnookestate.com.au

Majella Wines
Lynn Road
Coonawarra
(08) 8736 3055
www.majellawines.
com.au

Parker Coonawarra Estate
Riddoch Highway
Coonawarra
(08) 8737 3525
www.parkercoonawarra
estate.com.au

Punters Corner Wine
Riddoch Highway
Coonawarra
(08) 8737 2007
www.punterscorner.
com.au

Rymill Coonawarra
Riddoch Highway
Coonawarra
(08) 8736 5001
www.rymill.com.au

Wynns Coonawarra Estate
Memorial Drive
Coonawarra
(08) 8736 2225
www.wynns.com.au

Yalumba – The Menzies Wine Room
Riddoch Highway
Coonawarra
(08) 8737 3603
www.yalumba.com

Zema Estate
Riddoch Highway
Coonawarra
(08) 8736 3219
www.zema.com.au

MUST-DRINK WINES

Cabernet sauvignon and blends
- Balnaves The Tally
- Wynns Black Label
- Hollick Hollaia
- Parker Coonawarra Estate Terra Rossa
- Punters Corner
- Majella The Musician
- Katnook Odyssey
- Redman
- Rymill
- Zema
- Jamiesons Run Winemakers Reserve

Shiraz
- Balnaves
- Bowen Estate
- Penley Estate Hyland
- Leconfield Sparkling Shiraz
- S. Kidman Wines
- Wynns Michael
- Zema
- Punters Corner Spartacus Reserve

Other varieties
- Katnook Sauvignon Blanc
- Leconfield Riesling
- DiGiorgio Lucindale Chardonnay
- Hollick Chardonnay
- Reschke Sauvignon Blanc

McLAREN VALE

With its backdrop of undulating hills and amazing beaches, McLaren Vale – a 40-minute drive from Adelaide – is a delightful place to visit. The region is a favourite for weekenders, who come for the laid-back atmosphere, terrific wine and great food.

McLaren Vale is one of South Australia's oldest wine growing regions. The Seaview and Hardy wineries have been in operation here since the 1850s, and at the turn of the 20th century the region was producing about three million litres of wine, mainly for export to Britain.

The region lies within the Fleurieu wine-growing zone and has a number of unofficial subregions: Sellicks, Foothills, Seaview, Blewitt Springs, Willunga and McLaren Flat, all with their particular micro-styles. About 20 per cent of the fruit in the region is dry-grown, which produces small berries with rich, concentrated flavours.

There are more than 60 cellar doors where you can sample the opulent reds and fruity whites for which the region is famous, with shiraz, cabernet sauvignon and grenache the star performers. For a taste of the local produce visit the Farmers Market at Willunga, which is held every Saturday.

Although this is a warm-climate region, there are considerable variations within the subregions, and the proximity to the ocean provides cooling breezes in summer.

The generosity of the climate is reflected in the wines. Rich, ripe, powerful shirazes are king, with their characteristic aromas and flavours of dark chocolate, olive, plum and raspberry. Grenache and Rhône-style blends excel here, too, often at exceptional value. The highly regarded red Rhône blends include grenache-shiraz-mourvedre (also

known as gsm blends), shiraz-viognier and shiraz-grenache-cinsault.

There are also a few wineries producing some Italian and Spanish varieties, with tempranillo leading the pack, notably from Cascabel. Zinfandel thrives in the warm McLaren Vale climate and, while Coriole is known for shiraz, winemaker Mark Lloyd's passion extends to Italian varieties including sangiovese and the elusive nebbiolo.

When it comes to whites, the French varieties rule, with the classics of chardonnay, semillon and sauvignon blanc leading the pack. There are also some delicious white Rhône styles made with combinations such as viognier, marsanne and rousanne. And keep an eye out for a few intriguing exceptions, including the Chapel Hill verdelho and the Wirra Wirra arneis.

The region's main wine event is the Sea & Vines Festival held over the Queen's Birthday long weekend, where selected cellar doors provide food and music.

MUST-VISIT CELLAR DOORS

Arakoon
229 Main Road
McLaren Vale
(08) 8323 7339
www.arakoonwines.com.au

Chapel Hill
Cnr Chapel Hill Road and Chaffeys Road
McLaren Vale
(08) 8323 8429
www.chapelhillwine.com.au

Coriole
Chaffeys Road
McLaren Vale
(08) 8323 8305
www.coriole.com

d'Arenberg
Osborn Road
McLaren Vale
(08) 8329 4822
www.darenberg.com.au

Fox Creek Wines
Malpas Road
Willunga
(08) 8556 2403
www.foxcreekwines.com

Geoff Merrill Wines
291 Pimpala Road
Woodcroft
(08) 8381 6877
www.geoffmerrillwines.com

Hugh Hamilton
McMurtrie Road
McLaren Vale
(08) 8323 8689
www.hughhamiltonwines.com.au

Tapestry
Olivers Road
McLaren Vale
(08) 8323 9196
www.tapestrywines.com.au

Wirra Wirra
McMurtrie Road
McLaren Vale
(08) 8323 8414
www.wirrawirra.com

Woodstock
Douglas Gully Road
McLaren Flat
(08) 8383 0156
www.woodstockwine.com.au

MUST-DRINK WINES

Shiraz
- Arakoon
- Coriole
- Fox Creek Short Row
- Battle of Bosworth
- Mr Riggs Wine Co.
- Mitolo Savitar
- Wirra Wirra Chook Block
- Brini Estate Sebastian
- Chapel Hill
- Geoff Merrill Reserve
- Hardys Tintara Limited Release
- Tyrrell's Rufus Stone
- Tatachilla Keystone

Cabernet and Bordeaux varietals
- Shottesbrooke
- Pirramimma Petit Verdot
- Arakoon Lighthouse Cabernet
- Foggo Wines Cabernet Sauvignon
- Fox Creek Reserve Cabernet
- Wirra Wirra The Angelus Cabernet
- Tatachilla Cabernet

Rhône-style blends
- d'Arenberg The Stump Jump
- Foggo Wines Grenache-Shiraz-Cinsault
- Kangarilla Road Shiraz-Viognier
- Tatachilla Keystone Shiraz-Viognier
- Noon Eclipse Grenache-Shiraz
- James Haslegrove MVS

Other varieties
- Cascabel Tempranillo-Graciano
- Gemtree Bloodstone Tempranillo
- Kangarilla Road Zinfandel
- Chapel Hill Verdelho Chapel Hill Vescovo Pinot Grigio
- Wirra Wirra Arneis

BAROSSA

The Barossa, north-east of Adelaide, is Australia's most famous wine area. Its history dates back to the 1840s, when Silesian Lutherans settled the valley. Many of the families who helped establish its wine industry are household names, including Seppelt, Burge, Gramp, Schultz and Henschke.

The list of these famous names expanded in the 20th century to include other pioneers such as Peter Lehmann, Wolf Blass, John Vickery, James Godfrey, Jim Irvine, David and Adam Wynn, Robert O'Callaghan, Chris Ringland, Rolf Binder and David Powell. Recognising the quality of Barossa shiraz, Max Schubert started to use it in Penfolds Grange and, apart from 1957, this iconic wine has always had a Barossa shiraz component.

The fortunes of the Barossa wine industry have waxed and waned over the years. Wines sourced from ancient, dry-grown shiraz vineyards now command premium prices, but it wasn't always the case. After a decade in the doldrums that started in the late 1970s, the region has experienced a revival with the global rise in popularity of shiraz and the elevation of certain Barossa shirazes to cult status.

The Barossa zone has two regions – the Barossa Valley, which is less than 400 metres above sea level, and Eden Valley, which is generally between 400 metres and 600 metres above sea level. There are big differences between the wine styles from the two regions, and there are considerable stylistic variations within the two valleys themselves.

The fruit from the Barossa Valley floor tends to be more full bodied, while fruit from the higher areas and southern end produces lighter-bodied styles. The warm climate of the Barossa Valley floor is ideal for the production of rich, ripe reds, particularly shiraz, cabernet, grenache and mourvedre.

The region also has some superb Rhône-style blends such as Charles Melton's Nine Popes, Henschke's Johann's Garden GSM and John Duval's Plexus. It is also ideal for fortified wines. Semillon is the classic white variety, followed by chardonnay.

The cool climate of the Eden Valley, by contrast, produces wines of exceptional finesse – notably riesling, chardonnay, cabernet, merlot and shiraz.

The Barossa and Eden valleys have about 80 cellar doors between them. The Barossa Farmers Market is held at vintners' sheds along the Nurioopta and Stockwell roads, 7-11am every Saturday. Demand for local produce is strong so arrive early.

MUST-VISIT CELLAR DOORS

Barossa Valley Estate
Seppeltsfield Road
Marananga
(08) 8562 3599
www.bve.com.au

Elderton
3 Tanunda Road
Nuriootpa
(08) 8568 7878
www.eldertonwines.com.au

Henschke
Henschke Road
Keyneton
(08) 8564 8223
www.henschke.com.au

Kaesler Wines
Barossa Valley Way
Nuriootpa
(08) 8562 4488
www.kaesler.com.au

Orlando
Jacob's Creek Visitor Centre
Barossa Valley Way
(08) 8521 3000
www.jacobscreek.com

Peter Lehmann
Off Para Road
Tanunda
(08) 8563 2100
www.peterlehmannwines.com

Rockford
Krondorf Road
Tanunda
(08) 8563 2720
www.rockfordwines.com.au

Saltram
Nuriootpa Road
Angaston
(08) 8561 0200
www.saltramwines.com.au

Turkey Flat
Bethany Road
Tanunda
(08) 8563 2851
www.turkeyflat.com.au

Yalumba
Eden Valley Road
Angaston
(08) 8561 3200
www.yalumba.com

MUST-DRINK WINES

Shiraz
- Balthazar of the Barossa
- Barossa Valley Estate E&E
- Elderton Command
- Gibson
- Glaetzer Amon-Ra
- John Duval Wines Entity
- Kaesler Wines Old Bastard
- Peter Lehmann Eight Songs
- Rockford Basket Press
- Saltram Pepperjack
- Schild Estate Wines
- Torbreck Vintners The Steading
- Wolf Blass Gold Label
- Henschke Tappa Pass
- Henschke Mount Edelstone

Cabernet sauvignon and Bordeaux varietals
- Elderton Ashmead
- Ross Estate Lynedoch
- Turkey Flat
- Henschke Cyril
- Irvine Grand Merlot

Semillon
- Burge Family Winemakers Olive Hill
- The Willows Vineyard
- Peter Lehmann Reserve
- Heritage Wines
- Kaesler Old Vine
- Jenke
- St Hallett Poachers Blend

Riesling
- Heggies Eden Valley
- Henschke Eden Valley
- Pewsey Vale Eden Valley

REGION NINE

CLARE VALLEY

The Clare Valley, with its rolling hills and stone buildings, is one of Australia's most enchanting regions. It's part of the Mount Lofty Ranges wine zone – about a 90-minute drive north of Adelaide.

Riesling is its most famous grape, but the Clare is also home to the iconic Wendouree shiraz as well as delicate semillon and distinctive cabernet sauvignon. The red varieties account for the bulk of plantings in the region.

The region covers about 25 kilometres on the Main North Road between Clare in the north of the valley and Auburn in the south, and vineyards hug the road for most of the way. It is made up of three valleys and is divided into six unofficial subregions – Sevenhill, Clare, Watervale, Polish Hill River and Auburn – each with very distinctive microclimates. Some of the best vineyard sites are on higher altitude, west-facing sites.

In 2000, a group of Clare Valley producers, fed up with cork taint, sealed their entire vintage of riesling under screwcap. By 2001 other producers

in the region had followed suit, and inspired many other Australian winemakers to do likewise.

The Clare has a continental climate and is one of the cooler viticultural regions in Australia. Cooling breezes and a notable drop in night-time temperatures punctuate the summer heat in March. These factors concentrate the flavours and maintain lively acid in the grapes, producing elegant wines with excellent ageing ability.

It is this climate that makes such amazing riesling. In most years, it will cellar for 10 years and, in exceptional years – 1978, 1984 and 2002 – it will age for at least 20, particularly when sealed under screwcap. From a young, steely wine with floral, lime and occasionally tropical fruit it will develop a toasty, lemon-butter character. It is truly one of the nation's great wines.

Apart from Taylors, Pikes and Annie's Lane, the wineries are small and there are more than 35 cellar doors. You can cycle the riesling trail, which runs from Auburn to Clare.

In May, the region hosts The Clare Valley Gourmet Weekend, when wineries team up with restaurants to provide food, and most cellar doors feature some form of musical entertainment.

MUST-VISIT CELLAR DOORS

Annie's Lane
Quelltaler Road
Watervale
(08) 8843 0003
www.annieslane.com.au

Grosset
King Street
Auburn
(08) 8849 2175
www.grosset.com.au

Knappstein Wines
2 Pioneer Avenue
Clare
(08) 8842 2600
www.knappsteinwines.com.au

Leasingham Wines
7 Dominic Street
Clare
(08) 8842 2555
www.leasingham-wines.com.au

Mitchell
Hughes Park Road
Sevenhill
(08) 8843 4258
www.mitchellwines.com

O'Leary Walker Wines
Main Road
Leasingham
(08) 8843 0022
www.olearywalkerwines.com.au

Pauletts
Polish Hill River Road
Sevenhill
(08) 8843 4328
www.paulettwines.com.au

Pikes Wines
Polish Hill River Road
Sevenhill
(08) 8843 4370
www.pikeswines.com.au

Sevenhill Cellars
College Road
Sevenhill
(08) 8843 4382
www.sevenhillcellars.com.au

Taylors
Taylors Road
Auburn
(08) 8849 1117
www.taylorswines.com.au

MUST-DRINK WINES

Riesling
- Annie's Lane Copper Trail Valley
- Kilikanoon Mort's Block
- Leasingham Bin 7
- Mitchell Watervale
- Jim Barry Watervale
- Taylors St Andrews
- O'Leary Walker Polish Hill River
- Pikes The Merle
- Wilson Vineyard DJW
- Knappstein Handpicked

Shiraz
- Jim Barry The Armagh
- Mitchell Peppertree Sparkling Shiraz
- Kilikanoon Oracle
- Taylors St Andrews
- Mintaro

Cabernet sauvignon and blends
- Leasingham Classic Clare
- Grosset's Gaia
- Tim Gramp Watervale
- Stringy Brae of Sevenhill

Other varieties
- Mitchell Semillon
- Grosset Semillon-Sauvignon Blanc
- Grosset Pinot Noir
- Mount Horrocks Semillon
- Olsens of Watervale Merlot
- Skillogalee Liqueur Frontignac

MARGARET RIVER

Margaret River is one of the largest and most exciting wine regions in Australia, combining high-quality wine production and a lively food scene with beautiful land and seascapes.

A three-hour drive south of Perth, the area extends 120 kilometres from Cape Naturaliste in the north to Cape Leeuwin in the south and is 30 kilometres west to east, with the Margaret and Blackwood rivers flowing through it. The Margaret River Wine Region was registered in 1996 and is part of the South West Australia wine zone. It has six unofficial subregions: Wilyabrup, Wallcliffe, Yallingup, Karridale, Treeton and Carbunup.

Vasse Felix was the first commercial vineyard planted in Margaret River, in 1967. There are now more than 90 vineyards with cellar doors and more than 100 grape producers. Family-owned boutique wineries sit alongside sizeable estates such as Voyager Estate, Vasse Felix, Leeuwin Estate, Evans & Tate, Howard Park, Palandri and Clairault. There is also considerable investment by large companies in the region, including Cape Mentelle (Moët-Hennessy), Brookland Valley (The Hardy Wine Company, part of Constellation Brands), Devil's Lair (Foster's) and Xanadu (bought recently by the Rathbone Wine Group).

The Mediterranean climate is similar to Bordeaux in a dry vintage and there's a strong maritime influence. The region produces more than 20 per cent of the nation's premium wines. Famed for its red Bordeaux blends (cabernet sauvignon, merlot, cabernet franc, petit verdot, malbec) and chardonnay, it also produces excellent shiraz, semillon-sauvignon blends, chenin blanc and verdelho.

David Hohnen of McHenry Hohnen Vintners is one of the great Margaret River pioneers, introducing alternative varieties such as zinfandel, which is now well-established, and tempranillo, graciano, viognier, roussane and sangiovese. He has 18 varieties planted in his vineyards.

The region has plenty to offer the wine tourist. Its most famous annual event is the Leeuwin Estate concert, which Tricia and Denis Horgan founded in 1985. The other important event is The Margaret River Wine Region Festival, held in November.

And, if you want a break from wine, there's always the surf.

MUST-VISIT CELLAR DOORS

Alexandra Bridge Wines
101 Brockman Hwy
Karridale
(08) 9758 5999
www.
alexandrabridgewines.
com.au

Cape Mentelle
Walcliffe Road
Margaret River
(08) 9757 0888
www.capementelle.
com.au

Cullen
Caves Road
Cowaramup
(08) 9755 5277
www.cullenwines.com.au

Gralyn Estate
Caves Road
Willyabrup
(08) 9755 6245
www.gralyn.com.au

Howard Park
Miamup Road
Cowaramup
(08) 9756 5200
www.howardparkwines.
com.au

Leeuwin Estate
Stevens Road
Margaret River
(08) 9759 0000
www.leeuwinestate.
com.au

Lenton Brae
Wilyabrup Valley
Margaret River
(08) 9755 6255
www.lentonbrae.com

Vasse Felix
Cnr Caves Road and
Harmans Road South
Cowaramup
(08) 9756 5000
www.vassefelix.com.au

Voyager Estate
Lot 1 Stevens Road
Margaret River
(08) 9757 6354
www.voyagerestate.
com.au

Xanadu
Boodjidup Road
Margaret River
(08) 9757 2581
www.xanaduwines.com

MUST-DRINK WINES

Cabernet and Bordeaux varietals

- Cape Mentelle
- Cullen
- Brookland Valley
- Howard Park
- Devil's Lair
- Moss Wood
- Vasse Felix
- Xanadu Wines

Shiraz

- Howard Park Leston
- Voyager
- Cape Mentelle
- Palandri

Chardonnay

- Howard Park
- Leeuwin Estate
- Vasse Felix
- Voyager Estate
- Devil's Lair

Semillon-Sauvignon blends

- Amberley Estate
- Swings & Roundabouts
- Cape Mentelle
- Cullen
- Xanadu Wines

Other varieties

- McHenry Hohnen Vintners Tiger Country Tempranillo-Petit Verdot-Cabernet Sauvignon
- Stella Bella Tempranillo
- Cape Mentelle Zinfandel
- Swings & Roundabouts Sangiovese
- Howard Park Carnelian
- Evans & Tate Verdelho

INDEX

INDEX OF REVIEWED WINES